爱上我的iPad 典藏版

tin 编著

人民邮电出版社
北 京

图书在版编目（CIP）数据

　　爱上我的iPad：典藏版 / tin编著. -- 北京：人
民邮电出版社，2011.6
　　ISBN 978-7-115-25029-2

　　Ⅰ. ①爱… Ⅱ. ①t… Ⅲ. ①便携式计算机—基本知
识 Ⅳ. ①TP368.32

　　中国版本图书馆CIP数据核字(2011)第046387号

内 容 提 要

　　这是一本精心编写的全面介绍苹果公司 iPad 平板电脑玩法的攻略。

　　全书对 iPad 进行了全方位参数曝光，从 iPad 激活到简单上手，从 iPad 内置程序到 iTunes 使用，从让你纠结的常用问题到白苹果恢复，从越狱到安装破解软件，应有尽有，一本全部搞定。同时，本书还讲述了不少 iPad 诞生前的奇闻异事。

　　本书提供了完美的"越狱"方法和故障解决方案，值得每一个"果粉"珍藏。

爱上我的 iPad 典藏版

◆ 编　　著　tin
　　责任编辑　蒋　佳

◆ 人民邮电出版社出版发行　　北京市崇文区夕照寺街 14 号
　　邮编　100061　　电子邮件　315@ptpress.com.cn
　　网址　http://www.ptpress.com.cn
　　北京精彩雅恒印刷有限公司印刷

◆ 开本：880×1230　1/24
　　印张：13.1667
　　字数：311 千字　　　　　　　　2011 年 6 月第 1 版
　　印数：1 – 6 000 册　　　　　2011 年 6 月北京第 1 次印刷

ISBN 978-7-115-25029-2
定价：69.00 元（附光盘）
读者服务热线：(010)67132692　印装质量热线：(010)67129223
反盗版热线：(010)67171154

前言

　　随着使用 iPad 的人越来越多，iPad 越来越好玩，玩法千变万化，我们已经不能以单纯的手机眼光来看待 iPad。它就像一台小的电脑，要我们不停地升级，不停地捣鼓。由于有很多新玩法和新体验，就会出现层出不穷的问题，在给我们带来快乐、兴奋、刺激的同时也带来不少的麻烦。威锋网（WeiPhone.com）提供了最好最权威的交流使用平台，众多新手或高手活跃在上面，一起分享 iPad 带给我们的快乐。但论坛的通病是不能很好地、全方位地集成和整理文档，以至于很难解决不同时期、不同层次用户所遇到的问题，加上论坛的教程和方法非常多而且更新快。为了让大家更加系统、清楚地认识和精通 iPad，满足多层次用户需求，我们集多位 iPad 资深老手写成这本实用 iPad 指南，宗旨是希望通过全方位的整理来普及 iPad 相关知识及提供问题速查解决方案。让每一位 iPad 粉丝知道如何认识、用好 iPad，如何解决难题，爱上 iPad。

　　由于 iPad 本身上市已经有一段时间了，对 iPad 的了解和基本应用大家都已熟悉。本书中前三章关于 iPad 的介绍和应用我们都是从简编写，我们不会像说明书那样详细，但我们提供非常多的 Tips（小提示），这些都是用户在使用当中发现的好东西。同时，我们相信用户需要的不仅仅是说明书而是更为有用更为详尽的实用指南，所以我们在本书第四章以后提供扎实有用的教程和方法。

　　全书由 11 章组成，分成五部分，环环相套，大致归纳如下。

　　第一部分，主要介绍 iPad 基本的功能和使用以及一些与日常息息相关的操作应用。

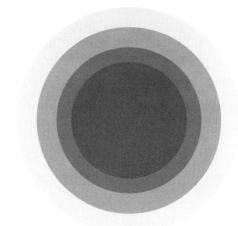

第二部分，iTunes 的使用技巧。

第三部分，iPad 常见问题解答。

第四部分，iPad 完美越狱全纪录。

第五部分，iPad 必备的软件。

我们非常期待您读完这本实用指南后，发出惊讶的感叹——"原来我也可以成为高手！"并可以帮助他人解决问题，有可能你会由衷产生自豪感。同样也希望您阅读本书之后分享更多心得体会，并发表于威锋网论坛上。

当然，此书也不可能是万能的，还有很多千奇古怪的问题我们没有收录到或是说是还未发现。但是，所有的操作都脱离不了基本规律，如果发现新的问题大家可以去威锋网参加讨论（http://www.WeiPhone.com）。

《爱上我的 iPad》在撰稿、编辑出版的过程中，由于受专业能力和时间的限制，难免有不足之处，敬请读者批评指正。

编者

2011 年 3 月

Part 1　iPad来袭

Part 2　iTunes

Part 3　iPad常见问题

Part 5　iPad必备的软件

01 iPad 是未来也是现在

1.1 iPad 您拥有了吗？

"当我手持 iPad 的时候，恕我夸张地说，我感到未来就在我手中。"

千呼万唤，iPad 终于来到

2010 年 1 月 27 日，苹果公司的首席执行官史蒂夫·乔布斯为我们带来了"魔术般神奇和具有革命性"的 iPad。

2010 年 9 月 17 日，北京，顾客韩子文（ Han Ziwen ）手握 iPads 走出苹果旗舰店，他在此排了 60 小时的队。这是第一个在中国购买正版 iPad 的人。

人类总能设计出新的工具，围坐在篝火边讲故事的传承方式早已被书写记录替代。古朴的手抄本书籍转眼间在活字印刷、计算机硬盘面前显得老派和非主流。变化是永恒的，转头看看街头、电梯间里、咖啡店中，智能手机和平板电脑比比皆是。这就是我们的生活，是我们的现在。

毫无疑问，iPad 正在驱逐咖啡桌上的笔记本电脑，从习惯手捧图书的人中催生出一批电子书读者。与 iPad 的优点比起来，上网本的设计显得很草率，电子书——比如亚马逊的 Kindle 系列产品的能力也很局限。

iPad 介于 Macbook 和 iPhone 之间，它采用和 iPhone 一样的操作系统 iOS，并且兼容所有 App Store 之前发布的应用程序。iPad 不是完全意义上的平板电脑，这并不是说它不能满足您的需要，相反，iPad 恰恰是为了满足您的一切基本需求而来。但是，它绝对不会是您唯一的电脑——使用 iPad 时您还需要一台机器来安装软件和同步其他文件。

iPad 分为 iPad Wi-Fi 和 iPad Wi-Fi + 3G 两个品种，按照存储空间又分别有 3 个不同型号。价格如表 1.1 所示。

表 1.1　　　　　　　　　不同型号的 iPad 在国内价格

型号	16 GB	32 GB	64 GB
iPad Wi-Fi	3 888 元	4 688 元	5 488 元
iPad Wi-Fi + 3G	4 888 元	5 688 元	6 488 元

Tips

从外型上看，与 iPad Wi-Fi 不同，iPad Wi-Fi + 3G 顶端顶部区域采用了工程塑料材质，表面有一层砂效果层，作为 3G 版 iPad 信号的入口，以避免铝合金外壳对 3G 网络的屏蔽。

如果您在北京，2010 年 9 月 17 日有没有为了拥有 iPad 去苹果专卖店排队呢？

OK，如果您已经入手，您可以再次确信，手中的这款设备是当今世界上最潮、最酷、最让人眼馋的电子产品。您准备拿它来做什么？

1.2 iPad 诞生时间线

一段神秘的历史。

2001 年 5 月 Kevin Fox，Google 公司的一个设计总监在自己的博客上声称：苹果公司将在同年 7 月向市场发布一款重量级的新一代产品，它是一款平板电脑，取名 iPad。

2001 年 11 月 Bill Gates 在计算机经销商博览会上演示了微软公司的平板电脑。很快就有谣言称苹果公司将推出自己的平板电脑。

2002 年 9 月 史蒂夫·乔布斯对国际先驱论坛报表示："我们不清楚平板电脑是否会成功。平板电脑看上去就像您写字用的笔记本，难道您想手写完成您所有的 E-mail？"

2004 年 8 月，苹果公司在欧洲注册苹果手持电脑商标，谣言再次重燃。

2005 年 4 月，"平板电脑评论"报道，苹果公司最迟将在 2005 年 6 月发布 iPad 产品，苹果公司已经在洛杉矶的苹果商店向其挑选的杂志记者展示了这款产品。

2006 年 1 月，一项美国专利显示，苹果公司的某个设备将基于加速仪技术。

2008 年 12 月，关于外形非常像平板电脑的大尺寸的 iPad touch 的谣言出现在网站 Tech Crunch。

2009 年 4 月，苹果公司首席运营官 Tim Cook 称："如果人们想寻找一款小型设备来满足互联网接入，请考虑使用 iPod touch 或者 iPhone。"

2009 年 9 月，Gizmodo 网站爆料苹果公司正在于纽约时报商讨一个专题的内容，即"一种不需要键盘或者鼠标导航的崭新设备"。

2009 年 11 月，苹果公司手持电脑的基于手写笔和触摸输入技术的专利出现在美国专利和商标局的网页上。

2009 年 11 月，中国报纸电子时报报道，苹果公司正在等待 OLED 显示屏，平板电脑将在 2010 年的下半年发布。

2009 年 12 月，世界著名杂志 Sports Illustrated 体育画报推出了一个平板电脑适应良好的版本。苹果公司专利显示苹果公司将在设备中实现电子杂志、图书和其他媒体的发布和销售。

2010 年 1 月，苹果公司在其总部加利福利亚发布 iPad。

1.3 那些让人想独占的苹果产品

"果粉"之所以存在，实在是因为苹果公司的产品太让人喜爱了。一旦您拥有了一款，您将会迫不及待地想拥有下一款、收集古董款……您的钱包会感到压力很大。

凭借苹果公司的完美设计，产品对用户体验近乎苛刻的坚持，从 iPod 到 iPhone，再到 iPad，每一款诞生的产品都会让苹果爱好者们欣喜不已，让我们一起尽数苹果数码家族的产品。

iPod classic

　　iPod classic 是由苹果公司设计发售的可携式媒体播放器，属于 iPod 产品线的一部份。使用上，由中央滚轮（Click Wheel）操作，使用硬盘作为存储媒介。iPod classic 一开始仅称为 iPod，第五代加上影片播放功能后称为 "iPod video"，在第六代以后才加上 "classic" 以与其他 iPod 区别。第一代的 iPod 是在 2001 年上市。现在共有 6 代的 iPod 存在，分别为：1G（一代）、2G（二代）、3G（三代）、4G（四代）、5G（五代，又称 iPod video）和 6G（六代，至此之后都称为 iPod classic）。iPod classic 各型号参数如表 1.2 所示。

表 1.2　　　　　　　　　　iPod classic 各型号参数

型号	容量	发布日期	特点
iPod classic 1st	5/10GB	2001-10-23	操控方面采用了"Scroll Wheel"机械式转盘控制
iPod classic 2nd	10/20GB	2002-07-17	使用了称为"Touch wheel"的触摸式感应操纵方式，使用了东芝公司制造的新微型硬盘，开始兼容 Windows

续表

型号	容量	发布日期	特点
iPod classic 3rd	10/15/20/30/40GB	2003-04-28	"极薄"的 iPod，第一款全面采用全触摸式的操作方式，取消了 FireWire 连接端口，开始采用 DOCK 底座设计。随着 iTunes 4.1 的推出，iPod 已经完全支持 Windows 平台
iPod classic 4th	20/40GB	2004-07-19	采用 iPod Mini 点击式转盘
	photo:30/40/60GB	2004-10-26	采用高级剥离式的彩色屏幕，支持图片浏览。该彩色屏幕随后被大量采用，并投入 iPod 生产当中
	Color:20/60GB	2005-06-28	
iPod classic 5th	30/60/80GB	2005-10-12	屏幕尺寸加大，首次具有播放 MPEG-4 和 H.264 影片的功能，并且提供黑色与白色选择
iPod classic 6th	80/120/160GB	2007-09-05	厚度变得更薄，外形上铝质外壳的材质由光泽的变为亚光，颜色有黑色及银色两种

iPod mini

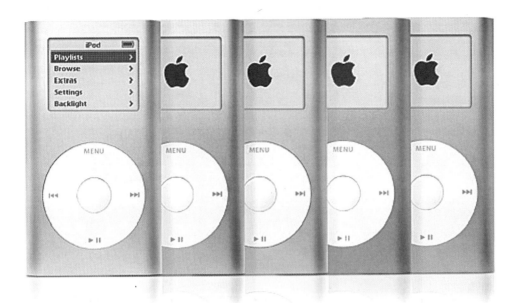

　　苹果电脑在 2004 年 1 月进入"微型"数码音乐播放器市场，同时公布了 iPod mini，直接与创新 Zen Micro 和 Digital Networks 的 Rio Carbon 竞争。iPod mini 与全尺寸的 iPod 有非常多相似的功能，但缺少第三方的配件的支持。它使用较小的 1.67 英寸（对角）的灰阶液晶显示屏，比过去的版本减少了数行的显示，屏幕上的限制使播放音乐时只能显示标题和演唱者。

　　iPod mini 使用微型硬盘作为储存器。它是 iPod 里除了 iPod shuffle 外最小巧的一款，基本上可说是标准型 iPod 的降阶缩小版。但自从 iPod nano 推出后，它的小巧地位被打破，但是 iPod shuffle 仍保最细小 iPod 的地位。

　　iPod mini 各型号参数如表 1.3 所示。

表 1.3　　　　　　　　　　　　iPod mini 各型号参数

型号	容量	发布日期	特点
iPod mini 1st	4GB	2004-01-06	iPod mini 使用了"点击轮"，其后出现在第四代 iPod 上。iPod mini 有 5 种颜色：银色、金色、蓝色、绿色和粉红色。银色是销量最高的型号，其次是蓝色
iPod mini 2nd	4/6GB	2005-02-22	改进了电池，减少了外壳的颜色（停售金色），随后被 iPod Nano 取代

iPod nano

在 2005 年 9 月 7 日苹果电脑发布 iPod mini 的继任者 iPod nano。用闪存代替了硬盘，iPod nano 是 0.27 英寸（0.685 厘米）厚，1.5 盎司（42 克）重，体积比前辈小了 62%。

iPod nano 在 iPod 操作系统中增加了多项新功能，包括新增的世界时钟、秒表和屏幕锁功能。在世界时钟里，用户可以为世界上的城市设置时间，并为每个时区设定闹钟。时钟可以自动调整夏令时。秒表功能允许用户在点击按键时开始计时，点击另一个按键就停止。还有一个按键计算单独的圈。iPod nano 能保存用户用秒表记录的多个时间，让用户可以对比不同的时间。屏幕锁功能让用户为他们的 iPod 设置 4 位数字的密码，当屏幕锁被启动时，唯一能按的是前进和后退键。音量控制用来输入密码的数字。iPod nano 各型号参数如表 1.4 所示。

表 1.4　　　　　　　　　　　iPod nano 各型号参数

型号	容量	发布日期	特点
iPod nano 1st	1/2/4GB	2005-09-07	开始采用闪存型储存，替代 iPod Mini，用 32768 色屏幕，能显示照片，并通过 USB 2.0 与电脑连接，有白色和黑色可选
iPod nano 2nd	2/4/8GB	2006-09-12	黑、银、粉红、蓝、绿 5 色可选，另外还有红色特别版
iPod nano 3rd	4/8GB	2007-09-05	外型由细长变为宽矮，增加了对影片播放的支持
iPod nano 4th	8/16GB	2008-09-09	恢复了修长身形，全铝合金外壳设计，9 种颜色可供选择，采用了方向感应器来体现 Cover Flow 选择界面
iPod nano 5th	8/16GB	2009-09-09	配备摄像头、FM、扬声器、计步器，同样有 9 种颜色可供选择
iPod nano 6th	8/16GB	2010-09-01	机身体积比以往缩小了 46%，拥有了 Multi-Touch，而因机身缩小而取消了内置摄像头等功能，7 种颜色可选

iPod Shuffle

　　苹果电脑在 2005 年 1 月 11 日的 Macworld Conference & Expo 上发布了 iPod shuffle，并配以 "Life is random"（官方翻译：生活随机演绎）和 "Give chance a chance"（非官方翻译：给偶然一个机会）的标语。

　　iPod shuffle 没有屏幕，也因此只有有限的选项在音乐间导航。用户可以在 iTunes 中设定播放顺序或使用随机（shuffle）的顺序播放。用户可以设置在每次连接 iTunes 时，把音乐库随机填充到 iPod shuffle 里。最重要的是 iPod shuffle 重量只有 22 克。iPod shuffle 各型号参数如表 1.5 所示。

表 1.5　　　　　　　　　　　　　　iPod shuffle 各型号参数

型号	容量	发布日期	特点
iPod shuffle 1st	512MB/1GB	2005-01-11	iPod shuffle 重量只有 22 克，比一包口香糖大小略小
iPod shuffle 2nd	1/2GB	2006-09-12	由原先的长方形缩短为近似正方形的形状，材质改为镀铝外壳，并增加了"夹子"
iPod shuffle 3rd	2/4GB	2009-03-11	外形变为长方形，体积缩小至第二代的一半，保留了第二代的"夹子"设计
iPod shuffle 4th	2GB	2010-09-01	外形类更似于第二代 iPod shuffle，保留了第三代的"电源 - 顺序播放 - 随机播放"设计。侧面增加 VoiceOver 按键

iPod touch

　　iPod touch 是一款由苹果公司推出的可携式媒体播放器，在 2007 年 9 月 5 日举行的"The Beat Goes On"产品发表会中公开，属于 iPod 系列的一部份。iPod touch 使用了 8GB、16GB 或 32 GB 的闪存。电池寿命亦更长，可以支持 36 小时的音乐、以及 6 小时的影片播放。同时也配有 Wi-Fi 无线网络功能，并可运行苹果的 Safari 浏览器。iPod touch 是第一款可通过无线网络连上 iTunes Store 的 iPod 产品。iPod touch 各型号参数如表 1.6 所示。

表 1.6　　　　　　　　　　　　iPod touch 各型号参数

型号	容量	发布日期	特点
iPod touch 1st	8/16/32GB	2007-09-05	第一次 iPod 采用支持 Wifi、多点触摸界面

续表

型号	容量	发布日期	特点
iPod touch 2nd	8/16/32GB	2008-09-09	更薄、电池使用时间更持久、售价更便宜，更新增了音量控制键、扬声器及 Nike+iPod
iPod touch 3rd	32/64GB	2009-09-09	内部处理器采用了 iPhone 3GS 的处理器
iPod touch 4th	8/32/64GB	2010-09-01	更薄。新增前、后置摄像头功能，A4 处理器、采用视网膜技术的 960x640LED 屏幕、三向重力感应。并支持 HD 视频录制

1.4　iPad 登场

在 iPad 的发布会上，乔帮主将 iPad 存在的理由和盘托出。乔帮主说 "Netbook is not good at anything, they are just cheaper notebook"（上网本啥都不擅长，他们只是更便宜的笔记本）。于是，iPad 承接 iPhone 对于交互方式的革新，以大号的 iPod touch 的方式闪亮登场，既是无为亦有为。或许妥协背后才是最激进的创新。

1.4.1　iPad 的细节瞬间

Wi-Fi 版 iPad 和 3G 版 iPad 在外观上略有区别，Wi-Fi 版 iPad 背面全部覆盖了铝合金材质，通体成亮银色，而 3G 版 iPad 需要设计 3G 模块，并且让用户可以更换 SIM 卡，因此在机身背面靠上的位置是有一块黑色区域的，这也是两个版本 iPad 最为明显的区别。

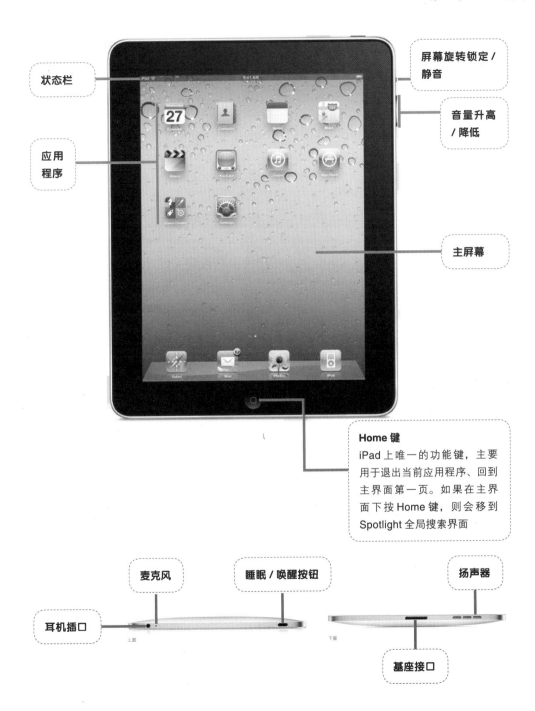

状态栏

应用
程序

屏幕旋转锁定 /
静音

音量升高
/ 降低

主屏幕

Home 键
iPad 上唯一的功能键，主要
用于退出当前应用程序、回到
主界面第一页。如果在主界
面下按 Home 键，则会移到
Spotlight 全局搜索界面

麦克风

睡眠 / 唤醒按钮

扬声器

耳机插口

基座接口

随机装箱

- iPad x1

- Dock Connector to USB Cable x1

- 10W USB Power Adapter x1

- 说明文档 x1

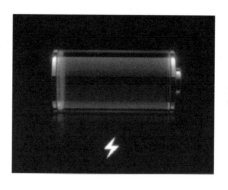
或者

给电池充电：给 iPad 电池充电的最佳途径是使用附带的基座接口转 USB 电缆和 10W USB 电源适配器，将 iPad 连接到电源插座。

Tips

如果 iPad 电量很低，它可能会显示以下图像中的一个，表示 iPad 需要充电十分钟以上才可以使用。如果 iPad 电量极低，它可能会黑屏长达两分钟后才显示电池电量不足图像中的一种。

1.4.2 iPad 最佳拍档

iPad 主机可不是苹果公司能够提供的唯一硬件，这个公司一如既往地为果粉准备了各种各样的配件，您可以在书桌上给 iPad 安个家，为它连接上键盘，或连接数码相机并下载照片，您甚至还可以做到更多——当然，这一切都不便宜。

1. 原装配件

iPad Keyboard Dock

iPad Keyboard Dock 是一款能帮您的 iPad 充电，并与全尺寸键盘完美融合的底座，其中包括可激活 iPad 各项功能的特定按键。它在后部有底座连接器端口，让您使用 USB 电源适配器连接电源插座，也可与电脑同步，以及使用 iPad Camera Connection Kit 等配件。音频输出端口可使您与立体声扬声器或有源音箱相连（音频电缆需要单独购买）。

iPad Case

　　iPad Case 采用超细纤维材质内衬和增强型护板，是随身携带 iPad 的理想之选。您更可以将它合起来当支架使用，以理想角度支撑 iPad，便于观看视频和幻灯片，或在屏幕键盘上打字。

iPad Camera Connection Kit

iPad Camera Connection Kit 可使您通过两种方法从数码相机导入照片和视频：使用数码相机的 USB 线缆或直接从 SD 卡导入。iPad 支持包括 JPEG 和 RAW 在内的标准照片格式。

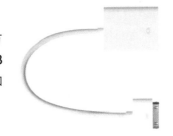

Apple iPad Dock Connector to VGA Adapter

iPad Dock Connector to VGA Adapter 可以把 iPad 连到电视、投影仪或 VGA 显示器。这样就可以在宽大的屏幕上观看视频和幻灯片。

iPad Dock Connector to VGA Adapter 通过基座接口连接到 iPad 或 iPad Dock，使用 VGA 转接器连接到投影仪或显示器。

2. iPad 第三方配件

很多独立的设计公司同样提供了丰富的 iPad 配件资源。

Moshi 防倾倒雅致轻薄内袋

网址 http://www.moshimonde.com

精益求精的设计以及巧夺天工的剪裁，Muse 绝对是您的 iPad 和您移动式生活方式的理想选择。Muse 无拉链及无搭扣的魔术磁贴设计，使得您在取放 iPad 时无需担心其被刮伤的可能。而且，归功于 SlipGrip ™防倾倒设计，纵使 iPad 在翻转中也能产生安全带保护作用，防止 iPad 滑出内袋。Muse 内层采用 Moshi 独家专利的 Terahedron ™超细纤维布制作而成，其 in-situClean ™技术能使 iPad 在其被保护的同时还能轻易去除表面上的油脂和指纹。它的绒面革外层衬垫也为其轻微的擦伤和碰撞提供了更加全面的保护。Muse 贴心的外袋设计，让您可以随意地储放电源适配器和线材。

Speck CandyShell 糖果保护壳

网址 http://www.speckproducts.com

产品特点：

• 独一无二的设计：光华坚硬的外壳搭配着内部柔软的硅胶材质。

- 滑动的背部支架支撑 iPad 和 iPad 专用键盘（键盘需额外购买）。

- 四角采用了加厚的硅胶，防止碰撞。

- 硅胶凸出来的边可以保证屏幕向下落到桌子的时候不会被碰到。

- 可爱的外表是保护您的 iPad 的最佳选择。

Belkin Auto Charger 车载充电器

网址 http://www.belkin.com

产品特点：

- 在车内，随时为您的 iPad，iPhone 进行充电，输出电流最高可达 2.1 安培，缩短充电时间。

- 小巧的外观设计，可适合各类点烟口。

- 除 iPad，还可同时兼容 iPhone/iPod。

1.4.3　iPad 规格与性能

宽大的高清 LED 背光 IPS 显示屏，反应灵敏的 Multi-Touch 屏幕，以及 Apple 自行设计的超强芯片，全部汇聚于纤薄、轻巧的便携设计中。iPad 不仅在同类产品中出类拔萃，更是绝无仅有的全新装置。

iPad 技术规格如表 1.7 所示。

表 1.7 iPad 技术规格

尺寸与重量	高度：242.8 mm（9.56 英寸） 宽度：189.7 mm（7.47 英寸） 深度：13.4 mm（0.5 英寸） 重量：0.68 kg（1.5 磅）Wi-Fi 机型 0.73 kg（1.6 磅）Wi-Fi + 3G 机型
显示屏	· 9.7 英寸（对角线）LED 背光镜面宽屏幕 Multi-Touch 显示屏，具有 IPS 技术 · 1024 像素 x 768 像素，132 ppi 清晰度 · 耐指纹抗油涂层 · 支持多种语言文字同时显示
存储容量	16GB、32GB 或 64GB 闪存
电池和电源	· 内置 25Whr 可充电锂聚合物电池 · 无线上网、观赏视频或收听音乐使用时间可达 10 小时 · 通过电源适配器或电脑 USB 充电
输入与输出	· 底座连接器端口 · 3.5 mm 立体声耳机接口 · 内置扬声器 · 麦克风 · SIM 卡卡架（仅限 Wi-Fi + 3G 机型）
音频播放	· 频率响应：20Hz ～ 20000Hz · 所支持的音频格式：AAC（16 ～ 320kbit/s）、Protected AAC（来自 iTunes Store）、MP3（16 ～ 320 kbit/s）、MP3 VBR、Audible（formats 2、3、4）、Apple Lossless、AIFF 及 WAV · 用户配置的最大音量限制

TV 和视频	· 使用 Dock Connector to VGA Adapter，可支持 1024 像素 x 768 像素；使用 Apple Component AV Cable 可达到 576p 与 480p，使用 Apple Composite AV Cable 可达到 576i 与 480i · H.264 视频可达 720p、每秒 30 帧、Main Profile level 3.1，采用 AAC-LC 音频最高 160Kbit/s，48kHz，立体声文件格式为 .m4v、.mp4 与 .mov；MPEG-4 视频可达 2.5 Mbit/s，640 像素 x 480 像素，每秒 30 帧，Simple Profile 采用 AAC-LC 音频，最高 160 kbit/s，48kHz，立体声音频采用 .m4v，.mp4 和 .mov 文件格式；Motion JPEG (M-JPEG) 可达 35 Mbit/s、1280 像素 x 720 像素、每秒 30 帧、u-Law 音频数据。PCM 立体声音频为 .avi 文件格式
电子邮件附件支持格式	可查看的文档类型：.jpg、.tiff、.gif（图片）；.doc 及 .docx (Microsoft Word)；.htm 及 .html（网页）；.key (Keynote)；.numbers (Numbers)；.pages (Pages)；.pdf (Preview 和 Adobe Acrobat)；.ppt 及 .pptx (Microsoft PowerPoint)；.txt (text)；.rtf (rich text format)；.vcf（联系人信息）；.xls 及 .xlsx (Microsoft Excel)
无线网络和蜂窝网络	Wi-Fi 机型 · Wi-Fi (802.11 a/b/g/n) · Bluetooth 2.1 + EDR 技术 Wi-Fi + 3G 机型 · UMTS/HSDPA (850/1900/2100 MHz) · GSM/EDGE (850/900/1800/1900 MHz) · 仅限数据传输 · Wi-Fi (802.11 a/b/g/n) · Bluetooth 2.1 + EDR 技术

1.4.4　iPad 的灵魂 iOS

iOS 是由苹果公司为 iPhone 开发的操作系统。它主要是给 iPhone、iPod touch 以及 iPad 使用。就像其基于的 Mac OS X 操作系统一样，它也是以 Darwin 为基础的。原本这个系统名为 iPhone OS，直到 2010 年 6 月 7 日 WWDC 大会上宣布改名为 iOS。

iOS 的系统占用大概 240MB 的存储器空间。

1. iPad 中的 iOS

iOS 的用户界面特点是能够使用多点触控直接操作。控制方法包括滑动、轻触开关及按键。与系统交互包括滑动 (swiping)、轻按（tapping）、挤压 (pinching) 及旋转 (reverse pinching)。此外，通过其内置的加速器，可以令其旋转设备改变其 y 轴以令屏幕改变方向，这样的设计令 iPhone、iPod touch 以及 iPad 更便于使用。

iPad 只保留部分 iPhone 自带的应用程序：日历、通讯录、备忘录、视频、YouTube、iTunes Store、App Store 以及设置；四个位于最下方的常用应用程序是：Safari、Mail、照片和 iPod。

启动 iPhone 应用程序的唯一方法就是在当前屏幕上点击该程序的图标，退出程序则是按下屏幕下方的 home 键。值得注意，如果您的 iPad 版本过低并且没有更新，在第三方软件退出后，它直接就被关闭了。

如果您使用的是；OS4 或者更高版本，您单击 Home 退到桌面，之前在运行的软件并没有退出，而是被"冻结"。它虽然被置入后台，处于凝滞状态，但仍然在运行，之前分配给它的那些系统资源仍然在位。因此，当您重新回到这个软件时，它可以立即恢复到上次退出时的状态。这就是所谓的快速切换软件功能（fast app switching），也是 iOS 4 的多任务功能的核心所在。

　　iOS 最新的版本是 iOS 4.1，作为苹果公司全力推进的操作系统，版本升级相当频繁，功能也日益强大，却依然延续着苹果公司产品简约、华丽、流畅炫酷的操作体验。iPad 用户可以使用 iTunes 下载并更新 iPad 的操作系统版本。

2. iPad 中的软件

　　App Store 中已有数千个专为 iPad 打造的全新应用程序，从游戏、教育到生产力一应俱全。它们完全不同于您以前见过或用过的应用程序，而这仅仅是个开始。

　　约 350,000 个应用程序随时待用

　　如果您已经在 iPhone 或 iPod touch 上下载了应用程序，那么只需把它们从您的 Mac 或 PC 同步至 iPad 即可。您可以按照原始尺寸运行这些应用程序，也可以在 iPad 上全屏显示。此外，App Store 有大约 350,000 个 iPhone 和 iPod touch 应用程序供您选择。iPad 几乎可与所有这些应用程序兼容使用。

　　另外，iPad 同样允许开发者为其开发应用程序，当然，只有加入 iOS 手机开发计划，并为之付费后，应用程序才能发布。

　　iOS 应用程序开发当中的 SDK 本身是可以免费下载的，但为了发布软件，开发人员必须加入 iPhone 开发者计划，需要付款以获得 Apple 公司的批准。加入了之后，开发人员们将会得到一个"牌照"，他们可以用这个"牌照"将他们编写的软件发布到 App Store 上。

2.1　为什么要先激活？

苹果公司的产品有自己的一套特立独行的运行法则，所以用户在购买 iPhone 之后还要进行激活，激活过后，iPad 的激活和认证信息就会自动提取到所属运营商数据库当中。

> **Tips**
>
> 我们刚刚购买 iPad 后，直接开机，或者仅仅通过简单的插入 SIM 卡是无法正常使用的，用户必须按照提示去激活自己的 iPad。

这里以 iPad Wi-Fi + 3G 版本为例，详细介绍如何使用联通或者移动 SIM 卡激活 iPad。

> **Tips**
>
> iPad Wi-Fi 版本，无需装入 SIM 卡。

2.2　开始激活

激活 iPad 其实是一个很简单的操作，你需要准备如下条件。

- 带有 USB 2.0 端口的 Mac 或 PC，以及如下任一种操作系统。

➤ Mac OS X v10.5.8 或更高版本

➤ Windows 7、Windows Vista、Windows XP Home（SP3 或更高版本）或者 Windows XP Professional（SP3 或更高版本）

- iTunes 9.1 或更高版本

- iTunes Store 账户，详见第 5 章

- 互联网访问

> **Tips**
>
> 最新版的 iTunes 可从 www.apple.com.cn/itunes/download 免费下载。

您购买并拆包 iPad，以后，可以通过以下步骤来激活 iPad。

（1）从 www.apple.com.cn/itunes/download 下载并安装最新版本的 iTunes。

Top

图 2.1　睡眠 / 唤醒按钮

（2）iPad 初次使用的时候，按住【**睡眠 / 唤醒**】按钮数秒，如图 2.1 所示，直到屏幕上出现苹果标志，数秒后桌面上只会显示一个 USB 接口图案，提示你连接 iTunes 激活，如图 2.2 所示。

图 2.2　激活界面

（3）使用 iPad 附带的电缆将 iPad 连接到 Mac 或 PC 上的 USB 2.0 端口，如图 2.3 所示。

图 2.3　iPad 连接到电脑

（4）iTunes 会通过互联网自动连接苹果公司的验证服务器，数秒钟后，iTunes 会出现如图 2.4 所示提示向导。

图 2.4　iTunes 提示

（5）如果单击【以后注册】，那么 iPad 激活完毕，可以使用了。如果单击【继续】，则会进入 iPad 的基本设置界面，如图 2.5 和图 2.6 所示。iTunes 账号注册流程详见第 5 章。

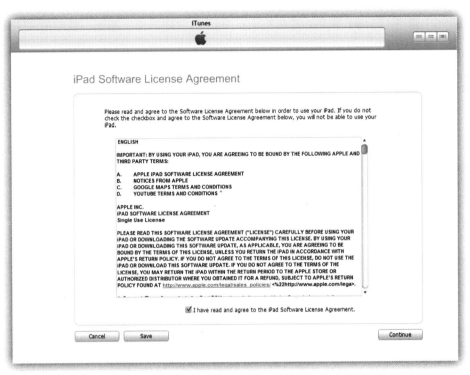

图 2.5　同意 iPad 软件协议

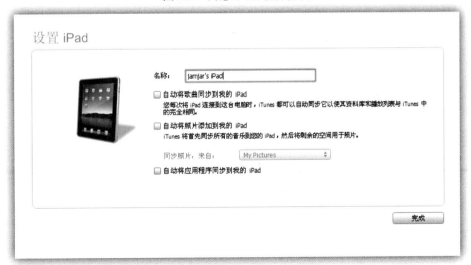

图 2.6　使用 iTunes 账户注册 iPad

（6）最后 iTunes 出现如图 2.7 所示 iPad 的管理界面，至此，我们的 iPad 就可以正常使用了。

图 2.7　iPad 管理界面

2.3　SIM 卡全攻略

我们已经介绍过，iPad 有两个版本，即 iPad Wi-Fi + 3G 版本和 iPad Wi-Fi 版本。iPad Wi-Fi+3G 版本当然顾名思义是增加了对 3G 网络的支持，还有专门的 SIM 卡槽。用户可以利用裁切过的移动、联通 SIM 卡，来享受 3G 网络服务，如图 2.8 所示。

> **Tips**
>
> 区分 iPad Wi-Fi + 3G 版本和 iPad Wi-Fi 版本非常容易。iPad Wi-Fi + 3G 版本顶部区域采用了工程塑料材质，作为 3G 版 iPad 信号的入口，以避免铝合金外壳对 3G 网络的屏蔽。同时，侧面有 Micro-SIM 卡槽。

图 2.8　iPad Wi-Fi + 3G 版本

　　3G 版 iPad 的 SIM 卡槽位于机身左侧下部，SIM 卡托使用的也是铝合金材质。与我们平时使用的手机标准 SIM 卡（标准卡的尺寸为 25mm×15mm）不同，iPad Wi-Fi + 3G 和 iPhone 4 使用的是 micro-SIM 卡，尺寸为 12mmx15mm，约相当于我们现在的 SIM 从中间一分为二的大小。因此，我们需要对已有的手机 SIM 卡进行裁切。

图 2.9　不同的 SIM 卡尺寸

1. 剪卡器制作 Micro-SIM 卡

自从 iPad 出现之后，国内出现了一个十分具有活力的产业，就是剪卡器行业。这种看上去像是订书机的东西只要把 SIM 卡放入压下，就能确保万无一失，制造出超级合身的 Micro-SIM 卡。剪卡器目前的售价还是有所偏高，基本都在 50 元左右。

使用剪卡器就像剪手指甲那么简单。

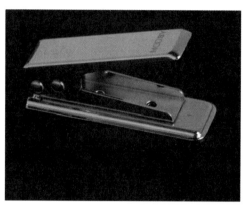

图 2.10　剪卡器

（1）首先要准备好 SIM 卡和剪卡器，按照剪卡器上面的提示，将 SIM 卡触点朝外，插到剪卡器里面，并且要确保插到底。

（2）用力一压，确保压制的时候顶部和底部的受力水平状态，直至剪断。

目前各类型的普通 SIM 卡裁剪后都要剪掉一定的金属触片，因为主要芯片的体积其实很小，手机 SIM 卡槽也是主要读取中间区域的六个触点，所以这样裁切外围的金属触点其实没有伤及核心，这也是逼不得已的牺牲了。

2. 手工剪卡

iPad Wi-Fi + 3G 随机虽然带有一张 AT&T 的 Micro-SIM 卡，但是并不能用。我们需要把 SIM 卡手工剪至同样大小。

DIY 制作存在很大的风险，建议用户购买一套"Micro-SIM 剪卡贴，Micro-SIM 适配器"组合。价格便宜，大概在 5 元人民币左右。

（1）DIY 您的 Micro-SIM

将有虚线的贴纸撕下贴在你的 SIM 卡背面，使用剪刀压虚线裁剪，您就可以得到一张标准的 Micro-SIM 卡。不需要担心会把 SIM 卡裁剪坏，这个虚线是严格按照 iso7816 智能卡标准标准的，裁剪不会损害里边的芯片。

> **Tips**
>
> 手工剪卡有风险，一旦失手伤到了"内脏"，造成的伤害将不可修复，如果以后想用其他的手机，还要补办 SIM 卡。另外，个别卡也会存在不稳定的情况。

（2）还原您的 SIM 卡

只需要把 Micro-SIM 放入卡套，然后使用标注"Micro-SIM Adapter"的贴纸贴在背面，SIM 卡即还原成功，可以使用到其他品牌手机中，如图 2.11 所示。

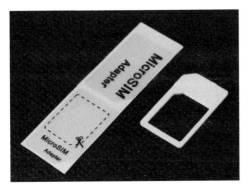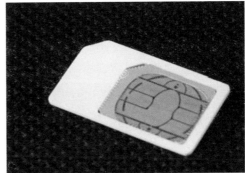

图 2.11　"MicroSIM Adapter"的贴纸

3. 换卡

目前，中国移动营业厅和中国联通营业厅已经推出了免费换卡服务或免费裁切服务，用户可以选择去移动营业厅办理此业务。

2.4　连入 3G 网络

iPad 中装入 Micro-SIM 卡，SIM 卡插入方法如图 2.12 所示。

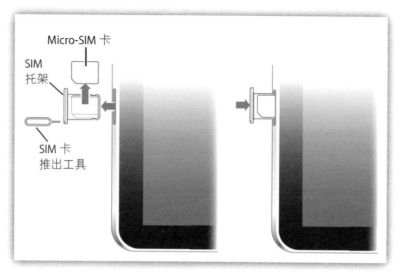

图 2.12　装入 SIM 卡

　　由于 iPad Wi-Fi + 3G 版本是支持 SIM 卡热插拔的，所以只需将 SIM 卡放入，等待其自动搜索网络就好了。经过短暂几秒钟的等待，CHINA UNICOM 3G 的信号标识会出现在了 3G 版 iPad 屏幕的左上角。

　　虽然 3G 版 iPad 已经找到了 3G 信号，但是还需要经过简单的设置才可以上网。

　　3G 版 iPad 的上网设置和我们在 WCDMA 手机上定义接入点是一样的，在菜单中找到蜂窝网络的选项，设置 APN 数据，只需将 APN 的名称定义为 3gnet 即可（中国移动则设置为 CMNET），不用输入用户名和密码。

　　设置完毕，用户从此可以随时随地地畅游网络了。

Tips

　　iPad Wi-Fi 接入互联网的过程更加简单，点击 iPad 主屏幕【设置】程序→WiFi，选择要加入的网络，输入账号和密码即可。

2.5　iPad 激活后主屏幕一览

　　iPad 激活后，进入主屏幕，自上而下，图标功能分成三块。

1. 状态图标

屏幕顶部状态栏中的图标提供有关 iPad 的信息，如表 2.1 所示。

表 2.1   主屏幕状态图标与含义

状态图标	含义
✈ 飞行模式	显示飞行模式（iPad Wi-Fi + 3G 上可用）已打开，这表示您不能访问互联网，也不能使用 Bluetooth 设备。但可以使用非无线功能
3G 3G	显示运营商的 3G 网络（iPad Wi-Fi + 3G 上可用）是可用的，并且您可以通过 3G 接入互联网
E EDGE	显示运营商的 EDGE 网络（iPad Wi-Fi + 3G 上可用）是可用的，并且您可以通过 EDGE 接入互联网
O GPRS	显示运营商的 GPRS 网络（iPad Wi-Fi + 3G 上可用）是可用的，并且您可以通过 GPRS 接入互联网
📶 无线局域网	显示 iPad 具备无线局域网互联网连接。信号格数越多，则信号越强
❋ 活动	显示网络和其他活动。某些第三方应用程序也可能会使用此图标来表示活跃的进程
VPN VPN	显示您已使用 VPN 接入网络
🔒 锁	显示 iPad 已被锁定
🔄 屏幕旋转锁	显示屏幕方向已锁定
▶ 播放	显示正在播放歌曲、有声读物或 Podcast
✳ 蓝牙	白色图标：蓝牙已打开，并且诸如耳机或键盘之类的设备已连接。灰色图标：蓝牙已打开，但没有连接设备 无图标：蓝牙已关闭
🔋 电池	显示电池电量或充电状态

2. 应用程序

iPad 主屏幕会显示应用程序，随本机附带的应用程序如表 2.2 所示。

表 2.2　　　　　　　　　　　　　本机附带的应用程序

图标	功能
Safari	浏览互联网上的网站。将 iPad 向两侧旋转以宽屏幕方式观看。连按两次以放大或缩小，Safari 会自动使网页栏适合屏幕的大小，以便于阅读。打开多个网页。与电脑上的 Safari 或 Microsoft Internet Explorer 同步书签。将所喜爱网站的 Safari Web Clip 添加到主屏幕以便快速访问它们。将来自网站的图像存储至"照片图库"
Mail	查看 Mail 中的 PDF 和其他附件。将附带的照片和图形存储到"照片图库"。iPad 可使用 MobileMe、Microsoft Exchange 及许多非常流行的电子邮件服务（包括"Yahoo! 邮箱"、Google 电子邮件和 AOL）以及大多数业界标准 POP3 和 IMAP 电子邮件服务
照片	查看在 Mail 邮件中收到的照片和视频，或者从电脑的照片应用程序同步的照片和视频。以纵向或横向模式显示照片。放大以更清楚地显示细节。观看幻灯片显示。用电子邮件发送照片和视频，或者将它们发布到 MobileMe（单独销售）。给通讯录指定图像，将图像用作墙纸
iPod	与 iTunes 资料库同步，以便您可以聆听歌曲、有声读物以及 Podcast。创建和管理播放列表，或者使用 Genius 为您创建播放列表。聆听来自资料库的 Genius 混合曲目中的歌曲

续表

图标	功能
 日历	查看并搜索 MobileMe、iCal、Microsoft Entourage、Microsoft Outlook 或 Microsoft Exchange 日历。在 iPad 上输入事件，并将它们同步到电脑上的日历。订阅日历。设定提醒以提醒您事件、约会和最终期限
 通讯录	同步 MobileMe、Mac OS X "地址簿"、Yahoo! "地址簿"、Google "通讯录"、Windows "通讯簿" (Outlook Express)、Microsoft Outlook 或 Microsoft Exchange 中的通讯录信息。搜索、添加、更改或删除通讯录，以及将通讯录同步回电脑
 备忘录	随时随地记录备忘录（例如提醒、杂货清单、好的想法）。用电子邮件发送它们。将备忘录同步到 Mail、Microsoft Outlook 或 Microsoft Outlook Express
 地图	查看全球各个位置的传统视图、卫星视图、混合视图或地形视图。放大照片以更清楚地显示细节，或者查看 Google Street View（Google 街景视图）。查找您当前所在的位置。获得详细的驾驶、公共交通或步行路线，以及查看当前的公路交通状况。查找区域内的商业机构
视频	播放 iTunes 资料库或影片收藏中的影片、电视节目、Podcast 和视频。在 iPad 上通过 iTunes Store 购买或租借影片。下载视频 Podcast

续表

图标	功能
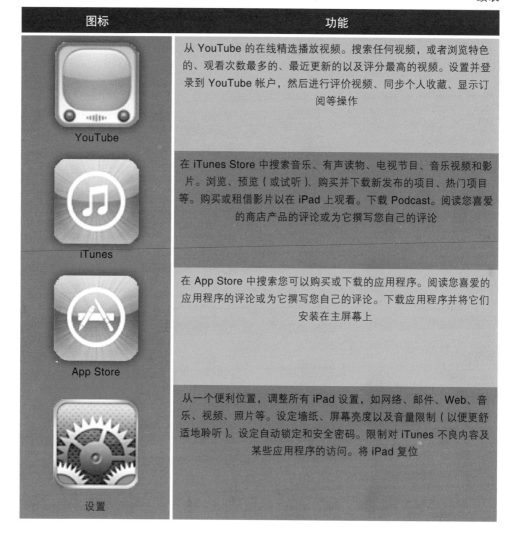 YouTube	从 YouTube 的在线精选播放视频。搜索任何视频，或者浏览特色的、观看次数最多的、最近更新的以及评分最高的视频。设置并登录到 YouTube 帐户，然后进行评价视频、同步个人收藏、显示订阅等操作
iTunes	在 iTunes Store 中搜索音乐、有声读物、电视节目、音乐视频和影片。浏览、预览（或试听）、购买并下载新发布的项目、热门项目等。购买或租借影片以在 iPad 上观看。下载 Podcast。阅读您喜爱的商店产品的评论或为它撰写您自己的评论
App Store	在 App Store 中搜索您可以购买或下载的应用程序。阅读您喜爱的应用程序的评论或为它撰写您自己的评论。下载应用程序并将它们安装在主屏幕上
设置	从一个便利位置，调整所有 iPad 设置，如网络、邮件、Web、音乐、视频、照片等。设定墙纸、屏幕亮度以及音量限制（以便更舒适地聆听）。设定自动锁定和安全密码。限制对 iTunes 不良内容及某些应用程序的访问。将 iPad 复位

3.1　关于同步

苹果公司的电子设备都遵循一种特殊的使用规则——同步。

同步是指让您的 iPad 中的音乐、电影、播客、电子书和应用程序与您的电脑中 iTunes 资料库里的内容保持一致。

默认情况下，只要您将 iPad 连接到电脑，iTunes 就会自动同步。进行同步时，您也可以将您在 iPad 上创建或购买的信息传输到电脑。

将 iPad 连接到电脑，并打开 iTunes（如果它没有自动打开）。

简单同步如图 3.1 所示。

②在每个设置面板中配置同步设置

①从边栏中选择 iPad

③点击屏幕右下角的"同步"按钮，开始与 iPad 同步

图 3.1　iTunes 同步界面

Tips

如果希望有各种文件被成功同步到 iPad 中，需要正确设置 iTunes，具体内容请参考第 5 章。

3.2 无与伦比的操作体验

1. iPad 的初体验

我们先将"同步"操作放在一边。此时，您已经将 iPad 激活，那么让我们感受一下 iPad 的初体验吧。初次进入 iPad 界面如图 3.2 所示。

图 3.2 iPad 主界面

　　遵照对话框的指示，我们按住任意一个图标，会发现屏幕图标如图 3.3 所示晃动，此时就可以对应用程序进行位置调整。

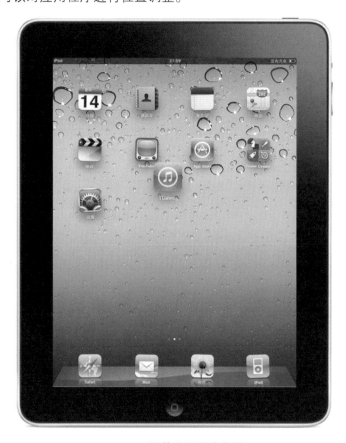

图 3.3　调整应用程序位置

　　目前您的 iPad 还只有本机自带的应用程序，因此您无法对这些自带程序进行删除。删除程序的方式与调整应用程序位置类似。

　　用手指单击屏幕中任何一个图标，即可进入该应用程序，体验其妙用。不过，目前您的 iPad 没有同步音乐，没有同步视频，没有购买 App（其他应用程序软件），没有同步照片，没有设置邮件信息，所以您可以先尝试使用 iPad 内置的　地图和　浏览器。

　　iPad 总共只有 4 个简单的按钮，给用户带来的不仅仅是轻松地开启和关闭 iPad，锁定屏幕方向以及调整音量，更带来无与伦比的操作体验。

2. 您的 iPad 版本是否最新

　　随着 iPad 最新操作系统 iOS 4.2 的发布，iPad 的操作发生了重要的变化，有些按钮的作用已经改变，使用方法也更加多样化。可惜，目前市面上销售的 iPad 版本大部分还没有更新到最新。有一个简单的方法可以试试你的 iPad 版本是否最新。

　　双击◉ Home 键，如果 iPad 界面如图 3.4 所示，即底部弹出一个"后台应用程序盒子"，则表示您的 iPad 基于 iOS 4.2 版本。如果没有，则不是最新版本。

后台应用程序盒子

图 3.4　后台应用程序盒子

Tips

　　如果您的 iPad 不是最新版本也不用担心，后面章节，将会教您一步步升级自己的 iPad 版本。

3. 操作初体验

【以纵向或横向模式查看】

iPad 有横向和纵向的显示模式，用户在四个方向都可以查看 iPad 的内建应用程序。转动 iPad 时，屏幕也会随之转动，并自动调整以适合新方向，如图 3.5 所示。使用屏幕旋转锁来阻止屏幕转动到不同方向。

图 3.5 iPad 横向和纵向显示

例如，在 Safari 中查看网页时或在输入文本时，您可能喜欢横向模式。网页会自动缩放以适合更宽的屏幕，使文本和图像更大。屏幕键盘也会变得更大，这可能有助于加快输入速度并提高准确度。

锁定屏幕为横向或者纵向的方法，参见本章 3.6 节。

【单指滑动】

当 iPhone 处于屏幕锁定待机画面时，用户如需解锁，只需按住屏幕下方滑块左侧，轻轻向右方滑动即可**解除锁定状态**而进入 Home 界面，如图 3.6 所示。

图 3.6　解除锁定状态

（1）向上或向下拖移来滚动屏幕。

您也可以在诸如 Safari、"照片"以及"地图"之类的应用程序中，从一侧滚动到另一侧，如图 3.7 所示。

Tips

拖移手指以进行滚动时，不会选取或激活屏幕上的任何内容。

（2）快速滑动手指来迅速滚动屏幕。

如图 3.8 所示，可以等待滚动停止，或者也可以触摸屏幕上的任意位置以立刻停止滚动。触摸屏幕以停止滚动时，不会选取或激活屏幕上的任何内容。

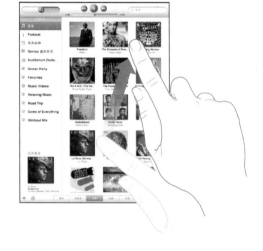

图 3.7　向上或向下拖移来滚动屏幕　　　图 3.8　快速滑动手指来迅速滚动屏幕

Tips

要快速滚动到列表、网页或电子邮件信息的顶部，请点击屏幕顶部的状态栏。

[单指单击]

用户用一根手指快速点击一下 iPad 屏幕上某个区域。

如果单击的是应用程序，则会**打开对应的应用程序**，如图 3.9 所示。按下主屏幕的●按钮，则会关闭该应用程序并返回到主屏幕。

如果想**将应用程序从主屏幕上删除**，则触摸该应用程序图标并按住不放，直到图标开始摆动并出现❸标示。点击❸会删除该应用程序；图标摆动，但又不想删除此应用程序，则点击●按钮，取消该操作。

图 3.9　打开某个应用程序

【两指放大或缩小】

　　用户在查看照片、网页或地图时，如需放大显示内容，则需要用两根手指并拢同时点击 iPad 屏幕上某个区域，慢慢分开两根手指，iPad 屏幕中显示的内容将被放大，且内容放大的程度与两根手指分开的距离相关联，如图 3.10 所示。

　　如需缩小显示内容，则用两根手指以分开姿态同时点击 iPad 屏幕上某个区域，然后并拢两根手指，iPad 屏幕中显示的内容将被逐渐缩小，且内容缩小的倍数与手指分开的距离相关联。

图 3.10　放大屏幕中的显示内容

Tips
用户可重复利用此操作来对内容进行多次放大或缩小。

[单指双击和双指单击]

用户查看照片和网页时，用一根手指快速点击两下 iPad 屏幕上某个区域，该图片或网页将放大，再次点击两下将缩小。

用户查看地图时，用一根手指快速点击两下，地图该区域会放大，再用两个手指轻点击一下，该区域会缩小。

3.3　接入互联网

如果没有互联网，我们的 iPad 只能算是一个大号的媒体播放器。在第 2 章，我们已经简单介绍过 iPad Wi-Fi + 3G 接入互联网的操作。

是的，其实 iPad 非常智能，并不需要您手动设置来寻找互联网。每当您使用

Mail、Safari、YouTube、App Store 或 iTunes Store 时，iPad 都会自动接入互联网。

iPad 默认是通过 Wi-Fi 网络接入互联网的。iPad Wi-Fi + 3G 也可以通过蜂窝数据网络接入互联网。

打开无线局域网：选取"设置"→"无线局域网"，然后打开或关闭无线局域网。

加入无线局域网网络：选取"设置"→"无线局域网"，等待一会儿，让 iPad 检测所在通信范围内的网络，然后选择网络（加入某些无线局域网网络可能需要账号和密码）。如果需要，请输入密码并轻按"加入"（需要密码的网络会出现锁图标🔒），如图 3.11 所示。

图 3.11　接入无线局域网（Wi-Fi 网络）

一旦您加入了无线局域网网络，只要该网络是在通信范围内，iPad 都会自动连接到该网络。如果以前使用的多个网络都处在通信范围内，则 iPad 会加入上次使用的那个网络。

如果 iPad 已连接到无线局域网络，屏幕顶部状态栏中的无线局域网🔒图标会显示连接信号强度。信号格数越多，则信号越强。

加入 3G 网络：如果您所处的位置没有无线局域网（Wi-Fi 网络），而您拥有 iPad Wi-Fi + 3G，则可以加入 3G 网络。

设置 APN 数据，只需将 APN 的名称定义为 3gnet 即可（中国移动则设置为 CMNET），不用输入用户名和密码。当 iPad 通过 3G 网络接入互联网时，您可以在屏幕顶部的状态栏中看到**3G** 图标。

iPad 一旦接入互联网，您就可以顺利使用 地图和 浏览器。

如果您的 iPad 有 3G 功能，在 Wi-Fi 网络可连接条件下，iPad Wi-Fi+3G 将自动优先连接 Wi-Fi 网络，从而节约了 3G 资费。

3.4　设置邮件账号

iPad 用来接收邮件非常适合，设置起来非常方便。

1. 设置 Gmail 账户

（1）iPad 的主屏幕 点击"设置" 。

（2）点击"邮件、通讯录、日历"，然后轻按"添加账户"。

（3）点击选择账户类型，如图 3.12 所示，建议使用 Gmail 账户。

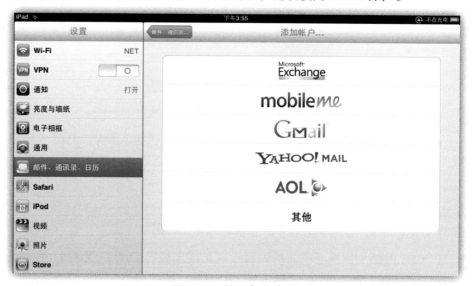

图 3.12　设置邮件账号

（4）输入您的账户信息并轻按"下一步"按钮，如图 3.13 所示。

（5）选择需要与账号同步的应用类型，并点击"存储"按钮。

图 3.13　输入邮箱信息

2. 同步 Gmail 邮件

点击  Home 键，回到 iPad 主界面，并点击邮件图标，进入邮件界面，iPad 将会自动同步 Gmail 邮箱中的邮件，如图 3.14 所示。

如果您的设置没有问题，将会很快看到收件箱中的邮件。您也可以点击图 3.14 中的 按钮更新邮件。

更多的邮箱操作，我们将在后面具体介绍。

图 3.14　iPad 自动同步 Gmail 邮件

3.5　文字输入

当需要输入文字时，只要您触摸文字键入区域，屏幕键盘就会自动出现。您可以使用虚拟键盘来输入文本，如通讯录信息、电子邮件和网址，如图 3.15 所示。

大小写锁定键

显示数字、标点及符号

调用中文输入法或者手写输入法

隐藏键盘

图 3.15　文字输入

中文拼音输入：点击⊕，调出中文输入键盘，以输入中文字的拼音。当您键入时，建议的中文字会出现。轻按中文字以选取它，或者继续输入拼音以查看更多中文字选项，如图 3.16 所示。

中文手写输入：点击⊕，调出 iPad 中文手写界面，此时您可以使用触摸板用手指输入中文字。当您书写中文字笔画时，iPad 会在列表中显示匹配的中文字，匹配度最高的显示在顶部。当您选取一个中文字时，可能的后续中文字会出现在列表中，作为附加项目供您选择，如图 3.17 所示。

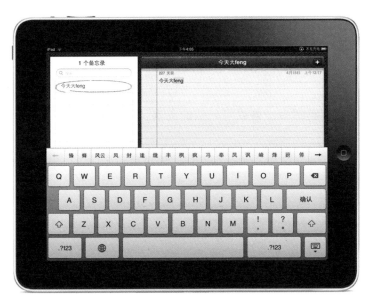

图 3.16　中文拼音输入

图 3.17　中文手写输入

剪切、拷贝和粘贴：触摸屏幕并按住不放以调出放大镜，然后拖移以定位插入点。轻按插入点以显示选择按钮。轻按"选择"以选择相邻的单词，或者轻按"全选"以选择所有文本。您也可以连按一个单词两次以选择它，如图3.18 所示。

拖移抓取点以选择多一些或少一些的文本。选择文本，然后轻按"剪切"或"拷贝"。

轻按插入点，然后轻按"粘贴"以插入您所剪切或拷贝的上一段文本。或者，选择文本，然后轻按"粘贴"以替换该文本。

> **Tips**
>
> 撤销上一次编辑：摇动 iPad，或轻按键盘上的撤销 ⊗ 键。

图 3.18　操作文本

3.6　多任务处理

iOS 4.2 发布后，增加了多任务处理功能，如果您的 iPad 没有越狱，那么就升级到 iOS 4.2 吧，具体升级方法请参看第 5 章。

如果您验证了自己的 iPad 是最新版本 iOS 4.2 ，那么我们来看看神奇的 iOS 4.2 吧。再多花样，iPad 都能样样兼顾。

图 3.19　iPad 开启多任务处理

您可以在 iPad 上做很多事情。有了多任务处理，您还能做到更多。它可让您的工作更高效、娱乐更尽兴，还能让两个或者更多的工作同时进行。一切都运行得高效、流畅，却不会让前台应用程序变慢，或不必要地消耗过多电量，如图 3.19 所示。

1. 边听音乐，边工作、阅读、游戏

运用多任务用户界面，您可在多个应用程序间快速切换。

方法：只须双击●主屏幕按钮，就可显示出您最近使用的应用程序。

在"后台应用程序盒子"向右滚动可查看更多应用程序，然后轻点一下图标就可将它重新打开，无须等待该程序重新载入。应用程序甚至能记住您暂停操作的位置。 因此，当您返回时，可以立刻重新投入游戏、阅读新闻、查找餐厅或继续刚才的任何操作，如图 3.20 所示。

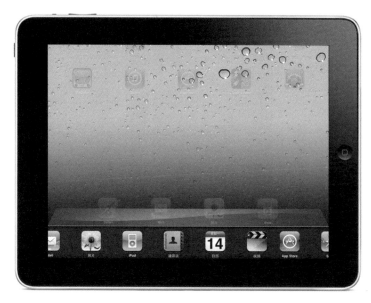

图 3.20　多种任务迅速切换

　　现在，您可以一边查看电子邮件、浏览网络、玩游戏或执行其他任务，一边聆听播放自兼容的第三方应用程序的音频。如此一来，在您想要追听球赛或收听网络电台播放的音乐时，您的工作效率也不会受到影响。

2. 关闭某个正在后台运行的应用程序

　　有了多任务处理，您可以让几件事情同时进行。比如，当 iPad 忙于从 iTunes 下载影片的时候，您可以同时切换到 Safari 应用程序并浏览电影网站。这样，您再也不用空等了。

　　如果希望关掉某个正在后台运行的应用程序，您可以选择"后台应用程序盒子"中的某个程序图标，并按住该图标直至其晃动，如图 3.21 所示。

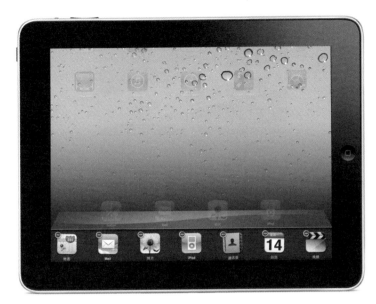

图 3.21　关掉某个正在运行的应用程序

　　点击如图 3.21 所示中任意晃动的应用程序左上角，则该应用程序将关闭，不再占用后台资源。

3. 屏幕横向或者纵向锁定

　　如果您的 iPad 不支持多任务，则向下滑动屏幕旋转锁（如图 3.22 所示），可以将 iPad 锁定为当前的竖向或横向。如果锁定屏幕，则 ⊖ 图标会出现在状态栏中。向上滑动开关以将屏幕方向解锁。

　　如果您的 iPad 是最新版本 iOS ，屏幕横向或纵向锁定键位于"后台应用程序盒子"中的最左侧，如图 3.23 所示。您可以打开"后台应用程序盒子"，向左滑动找到它。

Tips
最新的 iPad 版本中，如图 3.22 所示的屏幕旋转钮已经变成了"静音"开关。

图 3.22　屏幕旋转锁

图 3.23　屏幕横向或纵向锁定键

3.7　文件夹

如果您的 iPad 是最新版本 iOS 4.2，您可以自由安排自己的应用软件放在哪里，于是一切都各就各位。

iOS 4.2 发布后，增加了文件夹功能，如果您的 iPad 没有越狱，那么就升级到 iOS 4.2 吧，具体升级方法请参看第 5 章。

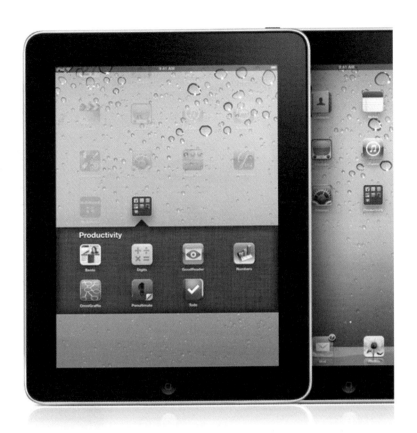

图 3.24　文件夹让一切都清洁起来

一开始，您会很高兴地在屏幕上找到自己的应用程序。可惜，这维持不了多久。由于有了 App Store，便有了 350,000 多个应用程序和游戏供你选择。很快，您的 iPad 主屏幕就密密麻麻地布满了各种各样的应用程序。爱好整洁的您如何能忍受！

现在不用担心了！全新的文件夹功能应运而生。 它是保持应用程序整齐有序，并让主屏幕摆脱杂乱的简便方法。只要轻点几下，就可以将您喜爱的应用程序分门别类，如图 3.24 所示。

1. 轻松创建文件夹

要创建一个文件夹，请点触并按住一个应用程序直至其开始摇摆，然后将它

拖动到另一个程序上面，就完成了。您可以对更多应用程序重复这一操作，如图
3.25 所示。

图 3.25 创建文件夹

比如，您可以将所有游戏放在一个文件夹中，将您所有的新闻应用程序放在
另一个文件夹，全部的生产力应用程序保存在又一个文件夹中。

Tips

您还可以在 Mac 或 PC 上使用 iTunes 来创建文件夹并整理应用程序，然后全部同步回你的
iPad。

2. 自定义文件夹名称

根据文件夹中应用程序的类别，在您创建文件夹的同时，iPad 会自动为您的

文件夹指定名称，如游戏、新闻、体育等。

　　当然，你可以随意更改文件夹的名称，比如所有与工作、文档处理相关的应用程序，您可以取名为 Prductivity 如图 3.26 所示，方法如下。

　　（1）点击文件夹，iPad 会展开文件夹，显示所有应用程序。

　　（2）此时，可以先点击某个应用程序，然后将其拖出文件夹，让其回归 iPad 主屏幕。

　　（3）按住文件中某个应用程序，直至所有程序开始不停晃动。

　　（4）此时可以修改文件夹的名称。可以点击某个应用程序右上角的 ⊗，删除这个应用程序。

图 3.26　自定义文件夹名称

3.8 AirPrint

无线打印，您的 iPad 能做到。

iOS 4.2 发布后，增加了 AirPrint 功能，如果您的 iPad 没有越狱，那么就升级到 iOS 4.2 吧

图 3.27 无线打印

1. 打开，轻点，打印

iPad 上有了 AirPrint，您就可以轻松打印电邮、照片、网页和文档，而不必下载软件、安装驱动程序，也无须连接线缆。只要在 iPad 上轻点几下，就能将屏幕上的内容打印出来。由于打印全都在后台进行，在此期间您就无须空等。 打印开始后，您就可以接着翻阅照片、上网或继续之前的任何操作。

AirPrint 打印绝对不用连接线缆，这就是名符其实的"无线打印"。iPad 能自

动在您的无线网络中找到支持 AirPrint 的打印机，并与其相连。无论您是在远离打印机的房间一角，或是身处不同楼层，还是走向隔壁房间，都可以在需要的时候进行打印。 整个过程极为简便、快速，在您读完这句话的片刻，这一页就从 iPad 打印出来了，如图 3.28 所示。

图 3.28　无线后台打印

很多能在 iPad 上打开的内容，都可以用 AirPrint 打印出来。AirPrint 可与 Safari、Mail、照片、iWork，以及其他内置打印支持的第三方应用程序配合使用。只要轻点几下，iPad 就能帮您搞定。

2. 支持 AirPrint 的打印机

AirPrint 可与新一代的 HP 无线打印机流畅配合，如图 3.29 所示。

图 3.29　支持 AirPrint 的打印机

支持 AirPrint 的打印机型号如下。

- HP Envy eAll-in-One series (D410a)

- HP Photosmart Plus e-AiO (B210a)

- HP Photosmart Premium e-AiO (C310a)

- HP Photosmart Premium Fax e-AiO (C410a)

- HP Photosmart Wireless e-AiO (B110)

- HP Photosmart eStation (C510)

- HP LaserJet Pro M1536dnf Multifunction Printer

- HP LaserJet Pro CM1415fn Color Multifunction Printer

- HP LaserJet Pro CM1415fnw Color Multifunction Printer

- HP LaserJet Pro CP1525n Color Printer

- HP LaserJet Pro CP1525nw Color Printer

3.9　AirPlay

1. AirPort Express 让音乐播放无线自由

　　无论在家中何处，您都可以指挥一台交响音乐会、轻松欣赏爵士乐，或上演一场摇滚音乐会。有了 AirPlay，您可以直接从 iPad 无线同步播放音乐。只须将您的任一部扬声器与 AirPort Express 相连，或直接将音乐同步传输到 Denon、Marantz、B&W、JBL 和 iHome 等制造商出品的支持 AirPlay 的扬声器上。iPad 会自动检测到您的多部扬声器，您只要从中选择一部就行了。由于一切都可无线进行，因此无论您在家中何处或坐、或站、或翩翩起舞，都可随意自如地操控音乐播放，如图 3.30 所示。

图 3.30　让音乐播放无线自由

2. 可与支持 AirPlay 的扬声器配合使用

AirPlay 无线技术现内置于 Denon、Marantz、Bowers & Wilkins、JBL 和 iHome 等制造商出品的最新一代扬声器、影音接收器和立体声系统中。因此，这些装备开箱即可播放您的至爱金曲，如图 3.31 所示。

图 3.31　支持 AirPlay 的播放设备

毫无疑问，iPad 是体验网络、电子邮件、照片和视频的绝佳方式。

iPad 上的内置应用程序全部为宽大的 Multi-Touch 屏幕和 iPad 的先进功能重新设计，不论装置处于任何方向，皆可完美运行。其他装置上做不到的事，对 iPad 来说都不在话下。

4.1　　　　Safari

Safari 是苹果公司研发的专用网页浏览器，内置于 iPad 中。要使用 Safari，您必须将 iPad 接入互联网。请参阅"3.2 接入互联网"。

4.1.1　浏览网站

您可以在纵向模式或横向模式下查看网页。网页会随着 iPad 的转动而转动，并且会自动调整以适合页面，如图 4.1 所示。

图 4.1　纵向模式或横向模式下查看网页

放大或缩小：连按网页上的一个栏两次以展开该栏。再次连按两次以缩小。您也可以在屏幕上张开或合拢两个手指以放大或缩小，如图 4.2 所示。

图 4.2　放大或缩小网页

滚动网页：上下左右拖移屏幕。网页滚动时，您可以触摸并拖移页面上的任何地方，而不激活任何链接。

滚动网页中某个框架里的内容：使用两个手指滚动网页中某个框架里的内容。使用一个手指滚动整个网页。

快速滚动到网页的顶部：点击位于 iPad 屏幕顶部的状态栏。

4.1.2　打开网页

点击标题栏中的地址栏，将自动调出屏幕键盘，输入网址，然后点击 [Go] 按钮，如图 4.3 所示。输入网址时，会出现提示网址，这些是您制作了书签的网页或最近打开过的网址。点击某个地址将前往该页面。

如果想更改刚输入的网址，并重新输入，可以轻点击地址栏，然后点击 ⊗ 。

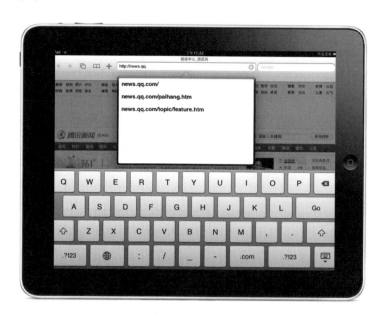

图 4.3　输入网址

- 打开新网页：点击 ⬚，然后点击"新网页"。

- 前往其他页面：点击 ⬚ 并点击您想要查看的页面。

- 关闭页面：点击 ⬚，然后点击 ⊗。如图 4.4 所示。

- 查看链接的目的地址：触摸链接并按住不放。它的地址会出现在您手指旁边的窗口中。您可以在活跃的页面中打开该链接，在新页面中打开它，或者复制它的地址，如图 4.5 所示。

- 阻止网页载入：请点击地址栏右侧的 ⊗。

- 重新载入网页：点击地址栏右侧的 ↻。

- 返回上一页或下一页：点击屏幕顶部的 ◀ 或 ▶。

- 给页面添加书签：点击 ✚ 并点击"书签"。

- 用电子邮件发送网页地址：点击 ✚，并点击"邮寄此网页的链接"。

- 为页面添加 Web Clip 到主屏幕：点击 ✚ 并点击"添加至主屏幕"。

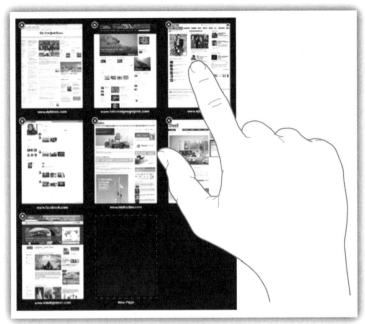

图 4.4　平铺展开多个网页

图 4.5　触摸链接并按住不放

- 返回到最近查看的页面：点击 📖，然后点击"历史记录"。要清除历史记录列表，请点击"清除"。

- 将图像或照片存储到"照片图库"：触摸图像并按住不放，然后点击"存储图像"。

> **Tips**
>
> 一次最多可以打开 9 个页面。

4.1.3　记住登录账号

使用"通讯录"中的信息自动填充文本栏，让 Safari 记住访问的网站您的账号和密码。在"设置"中，选取"Safari"→"自动填充"，然后执行以下一项操作。

- 要使用通讯录中的信息，请打开"使用联络信息"，然后选取"我的信息"并选择您想要使用的联络信息。

Safari 使用"通讯录"中的信息来填充 Web 表单上的联络信息栏。

- 要使名称和密码信息，请打开"名称与密码"。

此功能打开后，Safari 会记住您访问的网站的名称和密码，并在您访问该网站时自动填写信息。

- 要删除所有自动填充信息，请点击"清除全部"。

4.1.4　更改默认搜索引擎

默认情况下，Safari 使用 Google 来搜索。要将默认值更改为"Yahoo!"，请在"设置"中选取"Safari"→"搜索引擎"，然后点击"Yahoo!"，如图 4.6 所示。

图 4.6　更改 Safari 默认搜索引擎

4.1.5　如何整理收藏夹

在 Safari 中，"网页收藏夹"称为书签，可以保存想收藏的网页。

给网页制作书签：打开准备收藏的页面，点击浏览器上方的 ✚，然后点击"添加书签"。在存储书签之后，您可以编辑它的标题，如图 4.7 所示。

图 4.7　添加书签

Tips

默认情况下，书签存储在"书签"的顶层。点击"书签"以选取其他文件夹。

将书签与电脑同步：如果您在 Mac 上使用 Safari，或者在 PC 上使用 Safari 或 Microsoft Internet Explorer，则可以将书签与电脑上的 Web 浏览器同步。

将 iPad 连接到电脑。

（1）在 iTunes 中，从边栏中选择 iPad。

（2）点击"简介"标签，选取"其他"下面的"同步 Safari 书签"，然后点按"应用"。

（3）**打开已制作了书签的网页**：点击 📖，然后选取书签，或点击文件夹以查看其中的书签。

编辑书签或书签文件夹：点击 📖，选取含有您想要编辑的书签或文件夹的文件夹，然后点击"编辑"。然后执行以某项操作。完成后，点击"完成"即可。

- 要创建新文件夹，请点击"新文件夹"。

- 要删除书签或文件夹，请点击 ⊖，然后点击"删除"。

- 要重新放置书签或文件夹，请拖移 ☰。

- 要编辑名称或地址，或将它放到其他文件夹，请点击该书签或文件夹。

4.1.6　如何添加桌面快捷方式

用户可以将喜爱的网站添加到 iPad 主屏幕，从而快速地访问它们。在 iPad 上创建书签，并将它们与电脑同步。

打开网页，然后点击 ✚。然后点击"添加到主屏幕"，可以为喜爱的网页添加快捷方式到主屏幕以便快速访问它们。网页会以图标的形式出现在主屏幕上，与其他应用程序图标排列在一起，如图 4.8 所示。

图 4.8　网页的桌面快捷方式

 **4.2　Mail**

要在 Mail 中发送或接收邮件, 您必须将 iPad 接入互联网。

4.2.1　在 iPad 中绑定 QQ 邮箱

1. QQ 邮箱中的相关设置

　　为了保障用户邮箱的安全, QQ 邮箱设置了 POP3/SMTP/IMAP 的开关。系统默认设置是"关闭", 在用户需要这些功能时请"开启"。

　　(1) 在浏览器中登录邮箱, 进入 QQ 邮箱的设置→账户中启用 POP3/SMTP 服务, 如图 4.9 所示。

　　(2) 在"账户"设置中, 找到设置项, 进行设置, 如图 4.10 所示。

图 4.9　QQ 邮箱设置

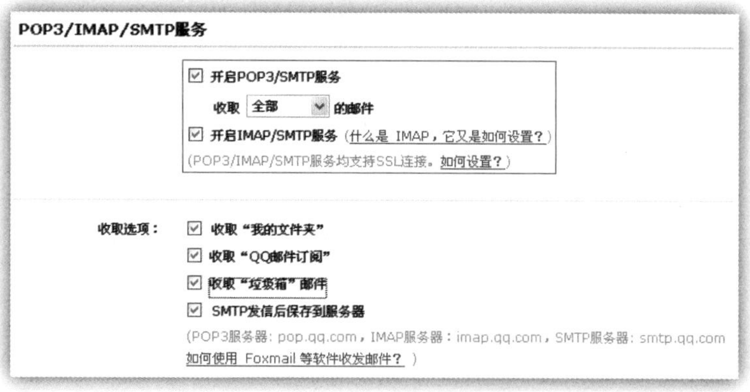

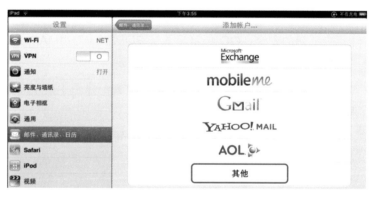

POP3/IMAP/SMTP服务

☑ 开启POP3/SMTP服务
收取 全部 ▾ 的邮件
☑ 开启IMAP/SMTP服务 (什么是 IMAP，它又是如何设置？)
(POP3/IMAP/SMTP服务均支持SSL连接。如何设置？)

收取选项： ☑ 收取"我的文件夹"
☑ 收取"QQ邮件订阅"
☑ 收取"垃圾箱"邮件
☑ SMTP发信后保存到服务器
(POP3服务器: pop.qq.com，IMAP服务器: imap.qq.com，SMTP服务器: smtp.qq.com
如何使用 Foxmail 等软件收发邮件？)

图 4.10　开启 POP3/STMP 服务

（3）保存设置，即打开了相应的服务。

2. iPad 中的相关设置

（1）在 iPad 主屏幕上，点击 "设置" 图标。

（2）点击 "邮件、通讯录、日历"，然后点击 "添加账户"。

（3）选择账户类型，如图 4.11 所示。

图 4.11　点击 "其他" 选项

（4）添加账户→添加邮件账户，在弹出的对话框中输入您的邮箱的完整地址、密码，点击 "下一步" 按钮，如图 4.12 所示。

图 4.12　输入邮箱信息

（5）Mail 程序会自动的配置服务器信息，并自动核对用户名和密码，在验证账户成功后，进入创建成功页面，创建成功，如图 4.13 所示。

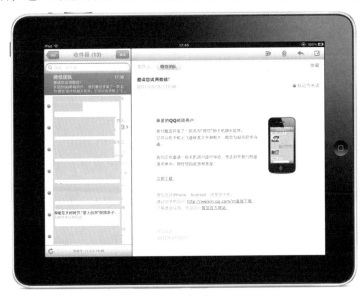

图 4.13　QQ 邮箱配置成功

（6）输入账户信息并点击"存储"。

4.2.2　编写和发送电子邮件

点击 iPad 主屏幕 Mail 图标，进入电子邮件应用程序。

【编写邮件】

（1）点击电子邮件界面右上角的，如图 4.14 所示。

图 4.14　编写邮件

（2）在"收件人"栏中输入一个姓名或电子邮件地址，或者点击 以从通讯录添加一个姓名，如图 4.15 所示。

输入电子邮件地址时，会出现联系人列表中匹配的电子邮件地址。点击一个地址以添加它。要添加更多名称，请点击。

（3）如果您想要将邮件复制或密送给其他人，或者更改您用来发送该邮件的账户，请点击"抄送 / 密送"。

（4）输入一个主题，然后输入您的邮件。

（5）点击"发送"。

图 4.15　填写收件人信息

【邮件发送照片】

点击 iPad 主界面的图标，进入"照片"应用程序中，选取一张照片，点击 📷，然后点击"用电子邮件发送照片"。则选中的照片会使用您的默认电子邮件账户发送，如图 4.16 所示。

图 4.16　用邮件发送图片

【邮件草稿】

编写邮件时，点击"取消"，然后点击"存储"。该邮件会被存储在"草稿"邮箱中。存储在"草稿"箱中的邮件可以稍后再继续编写。

【回复和转发邮件】

打开邮件并点击 ◀，弹出操作对话框。

- 点击"回复"将仅回复发件人。

- 点击"回复全部"将回复发件人和所有收件人。输入完回复的邮件，然后点击"发送"。 原始邮件附带的文件或图像不会被发送回。

- 点击"转发"。可以添加一个或多个电子邮件地址，输入邮件正文，然后点击"发送"。转发邮件时，可以包括原始邮件附件。

【共享联络信息】

在"通讯录"中，选取一个联系人，然后点击"共享"。添加一个或多个电子邮件地址，输入您的邮件，然后点击"发送"。

4.2.3　阅读邮件

iPad 主屏幕中的 Mail 图标会实时显示所有收件箱中未阅读的邮件数，如图 4.17 所示。

邮箱中有 5 封未阅读的邮件

图 4.17　主界面邮箱图标

- 检查新邮件：从 iPad 主屏幕上进入邮箱，并点击"收件箱"，或者点击 ↻。

- 在每个账户屏幕上，您可以看到每个邮箱中未阅读的邮件的数量，如图 4.18 所示。

- 未阅读邮件旁边会有一个蓝色圆点。

- 阅读邮件：点击左侧某个邮件信息，即可阅读该邮件。单指滑动可以载入本页其他邮件信息。显示更多邮件，可以单指滚动到邮件列表底部点击"载入更多邮件"。

图 4.18　查看邮件

4.2.4　查看附件

在电子邮件中，iPad 可以显示电子邮件信息中在文本之间插入的图片附件（JPEG、GIF 和 TIFF）。

将附带的照片存储到"存储的照片"相簿：点击照片，然后点击"存储图像"。

iPad 可以播放许多音频附件（如 MP3、AAC、WAV 和 AIFF）。

用户可以下载并查看收到的邮件所附带的文件（如 PDF、网页、文本、Pages、Keynote、Numbers、Microsoft Word、Microsoft Excel　和 Microsoft PowerPoint 文稿）。

点击附件。它会下载到 iPad，然后打开，如图 4.19 所示。

图 4.19 打开邮件附件

如果 iPad 不支持所附带文件的格式，您可以查看该文件的名称，但不能打开该文件。

iPad 所支持的文件格式如表 4.1 所示。

表 4.1　　　　　　　　　　　iPad 所支持的文件格式

文件后缀	文件格式
.doc	Microsoft Word
.docx	Microsoft Word (XML)
.htm	网页
.html	网页
.key	Keynote
.numbers	Numbers
.pages	Pages
.pdf	"预览"和 Adobe Acrobat
.ppt	Microsoft PowerPoint
.pptx	Microsoft PowerPoint (XML)
.rtf	多信息文本格式

续表

文件后缀	文件格式
.txt	文本
.vcf	联系人信息
.xls	Microsoft Excel
.xlsx	Microsoft Excel (XML)

4.2.5　搜索邮件

对于邮件较多的用户可以通过"收件人"、"发件人"和"主题"信息，来搜索指定内容的邮件。Mail 会在当前打开的邮箱中搜索已下载的邮件，如图 4.20 所示。

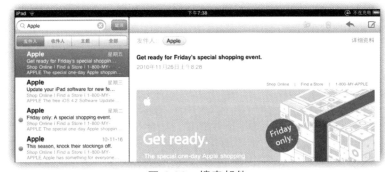

图 4.20　搜索邮件

【**搜索邮件**】：如图 4.16 所示，在顶部左上角有一个"搜索"框，在"搜索"栏内输入关键字，此时下方的邮件信息就会根据您的输入内容进行精确优化。点击"发件人"、"收件人"、"主题"或"全部"（即包括"发件人"、"收件人"和"主题"），以选取您想要搜索的邮件。

> **Tips**
>
> 当您输入时，搜索结果会自动显示出来，此时可以隐藏键盘以查看更多结果。

4.2.6　管理邮箱

【**删除邮件**】：打开邮件并点击 🗑 。或者，在邮件列表中的邮件标题上向左或向右扫动，然后点击"删除"。

【删除多封邮件】：查看邮件列表时，点击"编辑"，选择您想要删除的邮件，然后点击"删除"。

【移动邮件】：查看邮件时，点击 📁，然后选取邮箱或文件夹。

【移动多封邮件】：查看邮件列表时，点击"编辑"，选择您想要移动的邮件，点击"移动"，然后选择一个邮箱或文件夹。

4.3 照片

iPad 天生就是一个完美的电子相册。清晰生动的 LED 背光 IPS 显示屏成就了 iPad 上非比寻常的照片浏览体验，轻轻点击就可以打开相簿。您可以逐个翻阅您的照片，或播放幻灯片并共享照片。

从此照片有了新看法

4.3.1 同步照片

iPad 并没有提供通用的 USB 硬件接口，因此需要用户将照片或者图片先保持在 Mac 电脑或者 PC 硬盘中，然后通过 iTunes 同步至 iPad。

iPad 支持标准照片格式，如 JPEG、TIFF、GIF 和 PNG。使用 iTunes 将照片同步到 iPad 时，iTunes 会根据需要，自动将照片调整为适用于 iPad 的大小。

同步过程，详见第 5 章。

4.3.2 查看照片

iPad 中的"照片"按"相簿"、"事件"、"面孔"和"地点"来分类。

Tips

地点"使用每张照片中已代码化的位置信息，但并非所有照片都包含此信息。"事件"和"面孔"必须先在 Mac 上的 iPhoto 中进行配置，然后才能同步到 iPad。

1. 查看照片

（1）从 iPad 主屏幕进入"照片"界面，点击"相簿"、"事件"、"面孔"或"地点"，对应各分类相册，每个相册以一叠叠照片的形式呈现，如图 4.21 所示。

（2）点击某相册，将展开该相册的所有照片。在该相册上张开两个手指将预览所含照片，然后松开即可打开它。

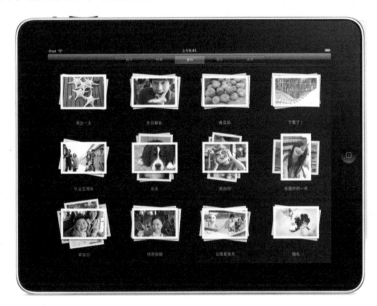

图 4.21　相簿

（3）点击缩略图，以在全屏幕模式下查看照片。

【放大缩小图像】张开或合拢两个手指以放大或缩小选择部分的图像，如图 4.22 所示。

图 4.22　放大或缩小图像

【**照片播放控制**】：点击照片以显示控制。再次点击以隐藏控制。

【**横向和纵向查看照片**】：横向或纵向旋转，照片或视频会自动调整大小以适合屏幕，如图 4.23 所示。

图 4.23　横向或纵向查看图片

【上一张或下一张照片】：向左或向右快速滑动手指。在【照片播放控制】底部显示的一排缩略图中，点击或拖动可以选择不同的照片。

【删除照片】：可以从"存储的照片"相簿中删除从电子邮件或 Web 存储的照片。对于从电脑同步的照片，需要先从电脑上的相簿中删除该照片，然后再次同步 iPad。

4.3.3　在电子邮件中发送照片

【发送单张照片】：选择要发送的照片，点击 （在【照片播放控制】顶部右上角），然后点击"用电子邮件发送照片"，如图 4.24 所示。

图 4.24　用电子邮件发送照片

【发送多张照片】：点击相册，然后点击 。点击想要发送的每张照片（每个缩略图上会显示一个勾号），然后点击"用电子邮件发送"。

【粘贴照片】：将照片粘贴到电子邮件或其他应用程序中。

（1）按住某张照片不放，直到出现"拷贝"命令，然后点击"拷贝"。

（2）在 Mail 中，创建一封新邮件。

（3）点击您想要放置照片的位置，直至显示编辑命令，选择"粘贴"。

4.3.4　联系人图片

iPad 支持给"通讯录"中的联系人指定图片。

（1）选择要发送的照片，点击 （在【照片播放控制】顶部右上角），点击"指定给联系人"，然后选取一个联系人。

（2）拖动照片，张开或合拢两个手指以放大或缩小照片，直到照片的外观满意后，点击"设定照片"。

在"通讯录"中，也可以给联系人指定照片，方法是点击"编辑"，然后点击图片图标。

4.3.5　设定为墙纸和锁定屏幕

用户可以从 iPad 附带的图片中选取，也可以使用您自己的照片来个性化墙纸和锁定屏幕。

（1）选择要发送的照片，点击 （在【照片播放控制】顶部右上角），然后点击"用作墙纸"，如图 4.24 示。

（2）拖动调整图片大小外观，点击"设定墙纸"，然后点击准备或锁定屏幕的墙纸。

> **Tips**
>
> 要从 iPad 附带的若干个墙纸图片中选取，请前往"设置"→"亮度与墙纸"。

4.3.6　电子相框

iPad 拥有电子相册功能，即当 iPad 处于锁定状态时，可以显示相簿。使用方法很简单，在锁定屏幕上，点击 即可，如图 4.25 所示。

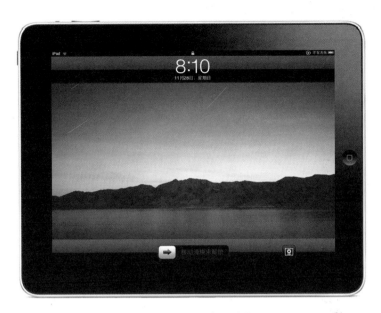

图 4.25　使用电子像框

点击屏幕以暂停幻灯片显示，然后点击 📷 以返回到锁定屏幕，或滑动滑块以将 iPad 解锁。

Tips

要停用电子相框功能，请前往"设置"→"密码锁定"。要更改"电子相框"设置，请前往"设置"→电子相框"。

4.4　iPod

借助 iPad 宽大、亮丽的显示屏，您可以按歌曲、表演者、专辑、风格或作曲者来浏览音乐收藏，欣赏实际大小的专辑封面，翻看所有专辑，然后轻点您想要听的歌曲，如同翻看 CD 一样轻松自如。

进入 iPod 后，点击左侧的"音乐"、"Podcast"、"有声读物"、"iTunes U"或"已购买"，可以选择音乐属性分类。当然也可以在左侧自定义分类,，如图 4.26 所示。

在屏幕底部，点击"歌曲"、"表演者"、"专辑"、"风格"或"作曲者"对音乐文件进行浏览。

图 4.26　iPod 主界面

Tips

浏览 Genius 播放列表或"Genius 混合曲目"，如果 Genius 未出现，您可能需要在 iTunes 中打开 Genius，然后同步 iPad。

4.4.1　播放歌曲

点击任意歌曲，即开始播放。点击右下角歌曲照片，"正在播放"屏幕会出现，如图 4.27 所示，各功能键如表 4.2 所示。

图 4.27　"正在播放"屏幕

表 4.2　　　　　　　　　　　　　　　　"正在播放"功能键

功能	实现方法
暂停播放歌曲	点击 ❙❙
继续回放	点击 ▶
调高或调低音量	拖移屏幕音量滑块，或者使用 iPad 侧面的按钮
重新播放上一首歌曲，或者有声读物或 Podcast 的上一章节	点击 ❙◀◀

续表

功能	实现方法
跳到下一首歌曲，或者有声读物或 Podcast 中的下一章节	点击 ▶▶
前往上一首歌曲，或者有声读物或 Podcast 中的上一章节	点击 ◀◀ 两次
倒回或快进	触摸 ◀◀ 或 ▶▶ 并按住不放；按住该控制的时间越长，歌曲倒回或快进的速度就越快
查看完整大小的专辑插图	播放歌曲时点击专辑封面

iPod 音乐播放中，您可以通过按主屏幕按钮◉离开 iPod。离开 iPod 后，音乐将继续按照您的设定播放。这样您就可以一边浏览网页一边聆听音乐了。

Tips

在播放音乐的同时，如果您不在 iPod 界面，可以直接通过连按两次主屏幕按钮◉，来调出播放控制，如图 4.28 所示。

如果您的 iPad 版本是 iOS 4.2 ，则连按两次主屏幕按钮◉无法调出微型播放控制，反而会调出"后台应用程序盒子"。打开"后台应用程序盒子"，向左滑动，即可找到播放控制选项，如图 4.29 所示。

图 4.28　微型播放控制

图 4.29　iOS 4.2 的微型播放控制

4.4.2　播放控制

在"正在播放"屏幕上，点击专辑封面会调出歌曲控制界面，如图 4.26 所示。

手指在播放进度条上拖动播放头，可以跳到歌曲中的任意点。

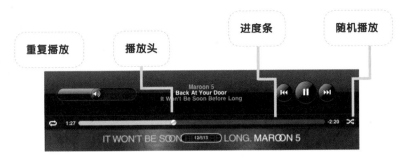

图 4.30 歌曲播放控制界面

　　沿进度条拖动播放头时，可通过向下滑动手指，将精确控制快进速率。向下滑动手指的幅度越大，快进速率越慢。

　　【重复播放歌曲】：点击 ⟳。再次点击 ⟳ 以设定 iPad 仅重复播放当前歌曲。

- ⟳ ：重复播放当前专辑或列表中的所有歌曲。
- ⟳ ：不断地重复播放当前歌曲。
- ⟳ ：未设定为重复播放歌曲。

　　【随机播放歌曲】：点击 ⤬ 以随机播放歌曲，再次点击 ⤬ 以设定 iPad 按顺序播放歌曲。

- ⤬ ：随机播放歌曲。
- ⤬ ：按顺序播放歌曲。

　　点击屏幕底部的 ☰，然后点击歌曲列表顶部的随机播放控制 ⤬，将随机播放任何播放列表、专辑或其他歌曲列表中的歌曲。

　　无论 iPad 是否设定为随机播放，如果您点击歌曲列表顶部的"随机播放"，iPad 都会以随机顺序播放该列表中的歌曲。

　　【评价歌曲】：在"正在播放"屏幕上，点击屏幕底部的 ☰，用手指划过评价栏（五个圆点），可以给歌曲从 0 ～ 5 颗星的评价。

　　【搜索音乐】：在 iPod 视图顶部右上角的搜索栏中输入关键字，如图 4.31 所示，可以搜索歌曲的标题、表演者、专辑与作曲、Podcast 以及已同步到 iPad 的其他内容。搜索结果会自动出现。

图 4.31　搜索栏中输入关键字

如果您觉得输入键盘挡住视线，可以将其隐藏。

Tips

您也可以使用 Spotlight 来搜索音乐。

4.4.3　自定义播放列表

自定义 iPod 资料库中的音乐、Podcast 或有声读物，制作播放列表。

【制作播放列表】

（1）点击屏幕底部的 ✚，如图 4.32 所示。

（2）输入播放列表的名称，然后点击"存储"。

（3）点击所选内容旁边的 ⊕，然后在完成选择时点击"完成"。也可以点击"来源"以浏览并查找所选内容，如图 4.33 所示。

图 4.32　新建播放列表

图 4.33　将歌曲加入播放列表

（4）操作结束后，点击"完成"即可。

Tips

　　如果在 iPad 上制作了播放列表，则下次进行同步时，也会将该播放列表存储在电脑上的 iTunes 资料库中。

【 编辑播放列表 】

点击播放列表，然后点击"编辑"，如图 4.34 所示。

• 要在列表中向上或向下移动所选内容，请拖移所选内容旁边的 ☰。

• 要删除所选内容，请点击所选内容旁边的 ⊖，然后点击"删除"。从播放列表中删除歌曲时，不会将它从 iPad 删除。

• 要添加更多歌曲，请点击"添加歌曲"，点击所选内容旁边的 ⊕，然后点击"完成"。

• 清除播放列表：点击播放列表，点击"编辑"，然后点击 ⊖。

图 4.34　编辑播放列表

4.4.4　听取 Genius 建议

什么是 Genius？天才！

iPad 拥有 Genius 功能，可根据您喜爱的音乐来自动创建多首混合曲目。一旦您已将音乐添加至资料库，您就可以在听音乐的同时让 Genius 发挥作用。比如说，iPad 正播放您非常喜欢的歌曲，而且您还想收听其他类似的曲目，那您可以轻点 Genius，就可以找到 iPad 上其他类似的歌曲，合在一起为您创建 Genius 播放列表。

有了 Genius 天才在，您可以创建从前难以想象的精彩混合曲目。

您可以在 iTunes 中制作 Genius 播放列表并将它们同步到 iPad。您也可以在 iPad 上创建和存储 Genius 播放列表。

Tips

　　请先在 iTunes 中打开 Genius，然后将 iPad 与 iTunes 同步，同步 Genius 播放列表需要 iTunes Store 账户。

【**制作 Genius 播放列表**】：点击 ❋，然后点击"新建"。选择列表中的歌曲，Genius 会创建一个包含相似歌曲的播放列表。

当您想为正在播放的歌曲制作一张能完美搭配的 Genius 播放列表时，从"正在播放"屏幕，点击专辑封面以显示额外控制，然后点击 ❋，如图 4.35 所示。

图 4.35　制作 Genius 播放列表

【**存储 Genius 播放列表**】：在播放列表中点击"存储"。播放列表会存储在 Genius 中，并采用所挑选歌曲的标题，如图 4.36 所示。

Tips

> 如果您存储了在 iPad 上创建的 Genius 播放列表，下次连接时该播放列表会被同步回 iTunes。

【**刷新 Genius 播放列表**】：在播放列表中点击"刷新"。刷新 Genius 播放列表时，会创建一个包含与所挑选的歌曲完美搭配在一起的不同歌曲的 Genius 播放列表。您可以刷新任何 Genius 播放列表，无论它是在 iTunes 中创建并被同步到 iPad 中的，还是在 iPad 上创建的。

图 4.36　存储 Genius 播放列表

【删除已存储的 Genius 播放列表】：点击 Genius 播放列表，然后点击"删除"，如图 4.37 所示。

图 4.37　删除已存储的 Genius 播放列表

Tips

一旦 Genius 播放列表被同步回 iTunes，您将不能直接从 iPad 上删除它。您可以使用 iTunes 来编辑播放列表的名称、停止同步或者删除播放列表。

【**浏览 Genius 混合曲目**】：在 iPod 窗口（在 Genius 下面）左侧，点击 "Genius 混合曲目"。

【**播放 Genius 混合曲目**】：点击混合曲目。

4.4.5　传输内容

可以将您在 iPad 上购买的音乐或其他内容，传输到已获授权来播放您 iTunes Store 账户中的内容的电脑。

Tips

Tips 要给电脑授权，请在电脑上打开 iTunes，然后选取 "Store" → "对电脑授权"。

【**传输已购买的内容**】：将 iPad 连接到电脑。iTunes 会询问您是否想要传输所购买的内容，或者，您可以在 iTunes，选择设备中的 iPad 选项，并单击右键，选择 "传输购买项目" 选项，如图 4.38 所示。

图 4.38　传输已购买项目

4.5　日历

　　iPad 上的日历功能将您忙碌的生活安排得井井有条。一天、一周、一月，一目了然。

　　按天、周或月来查看您的日历。在 iPad 中，只需轻点一下或旋转即可变换视图。纵向视图可查看一整月或一天内的详情。将 iPad 旋转为横向，您会发现屏幕的一侧显示当天活动的列表，另一侧则显示日程表详情。

　　iPad 让您可专注于当前的工作，即便您在同时安排后续工作。

4.5.1　添加日历事件

　　您可以直接在 iPad 上创建和编辑日历事件。

　　【添加事件】：点击＋，输入以下事件信息，如图 4.39 所示。

图 4.39　添加事件

- 标题
- 位置

- 起止时间（如果是全天事件，请打开"全天"）

- 重复时间（无，或每天、每周、每两周、每月或每年）

- 提醒时间（从事件前五分钟到两天）

输入结束后，点击"完成"。设定一个提醒之后，会出现设定第二个提醒的选项。当提醒出现时，iPad 会显示信息。

【编辑事件】：点击该事件，然后点击"编辑"。

【删除事件】：点击事件，再点击"编辑"，然后向下滚动并点击"删除事件"。

4.5.2　查看日历

可以按列表、按日、按周或按月查看日历事件。所选择的所有日历的事件都会出现在 iPad 上，如图 4.40 所示。

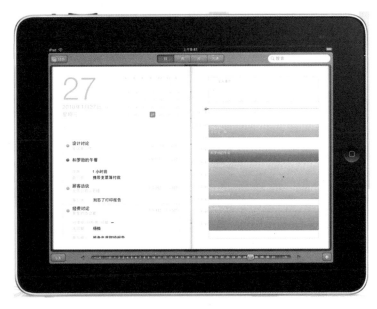

图 4.40　查看日历

4.6　通讯录

有了 iPad，您的通讯录可以发挥前所未有的强大功效。

为姓名加上照片，让您轻松一瞥就可以找到联系人。

添加一个电子邮件地址，然后轻点一下即可发送邮件，或任意为联系人添加生日、周年纪念日，以及重要的备注。还可以设置提醒信息存在日历中，如图4.41所示。

【**添加联系人**】：点击"通讯录"，然后点击╋。

【**删除联系人**】：在"通讯录"中，选取一个联系人，然后点击"编辑"。向下滚动，然后点击"删除联系人"。

【**编辑联络信息**】：在"通讯录"中，选取一个联系人，然后点击"编辑"。要添加一个项目，请点击⊕。要删除一个项目，请点击⊖。

图 4.41　通信录

【**在电话号码间插入停顿**】：在电话号码中需要停顿的位置处插入一个逗号。如果停顿时间较长，请输入多个逗号。

【**将照片指定给联系人**】

（1）点击"通讯录"，然后选取一个联系人。

（2）点击"编辑"和"添加照片"，或者点击现有照片。

（3）点击相簿，然后点击照片。

（4）拖移并缩放照片。

（5）点击"选取"。

4.7 备忘录

iPad 轻而薄，带着它出席会议、参加讲座甚至逛街都不成问题。它宽大的屏幕给了您足够的空间来记录备忘录和待办事项。使用备忘录能记录下一切并随身携带。

您可以在横向或纵向模式下查看备忘录。在纵向模式下，点击"备忘录"以查看备忘录列表。在横向模式下，备忘录列表会出现在左侧，而当前备忘录用红色圈起，如图 4.42 所示。

备忘录按上次修改日期列出，最新的备忘录位于最前面。该列表会显示每个备忘录的前几个字词。点击列表中的备忘录以查看或编辑它。

【**添加备忘录**】：点击 ✚，输入备忘录，然后点击"完成"。

【**阅读备忘录**】：点击 ➡ 或 ⬅ 以查看下一个备忘录或上一个备忘录。

图 4.42　横向显示备忘录

　　【**编辑备忘录**】：点击备忘录的任何位置以调出键盘。编辑该备忘录，然后点击"完成"，如图 4.43 所示。

图 4.43　编辑备忘录

　　【**删除备忘录**】：点击备忘录，然后点击 🗑 。

　　【**搜索备忘录**】：在备忘录列表顶部显示的搜索栏中输入文本。在纵向模式下，点击"备忘录"以显示备忘录列表。搜索结果会自动出现。点击键盘按钮以退出键盘，并查看更多结果。要查看某条备忘录，请在搜索结果列表中点击它。

　　【**用电子邮件发送备忘录**】：点击备忘录，然后点击 ✉ 。

Tips

　　要用电子邮件发送备忘录，必须已经在 iPad 上设置了电子邮件。

4.8 地图

"地图"提供了许多国家或地区中各个位置的传统视图、卫星视图、混合视图以及地形视图。您可以搜索位置，然后获得详细的驾驶、公共交通或步行路线，以及交通状况信息。

4.8.1　查找及查看位置

您可以搜索位置，查找您当前所在的位置，放置大头针以标示位置，以及获得不同的地图视图，包括 Google 街景视图。

【搜索位置】

（1）点击搜索栏以调出键盘。

（2）输入地址或其他搜索信息。

（3）点击"搜索"，大头针图标会标示出位置，如图 4.44 所示。

点击 ⓘ 来获取位置信息，获取路线，将位置添加到书签或通讯录，后者使用电子邮件发送 Goolge 地图的链接

图 4.44　搜索位置

Tips
位置可以包括由 Google My Maps 用户添加的名胜古迹（"用户创建内容"）以及显示为特殊图标的赞助商链接（例如，■）。

- 在地图上张开两个手指，或连按您想要放大的部分两次，再次连按两次以放得更大。

- 在地图上合拢两个手指，或用两个手指点击地图，用两个手指再次点击以缩得更小。

- 将视图向上、向下、向左或向右拖移，可以查看地图的另一部分。

【寻找联系人】：点击屏幕顶部的▥，并选取一个联系人。

Tips
该联系人必须至少包含一个地址。如果该联系人包含多个地址，请选取要定位的地址。您也可以点击"通讯录"中的某个地址以查找位置。

【查找当前位置】：点击屏幕顶部状态栏中的◉，查找您当前所在的位置。屏幕上的数字指南针会显示朝向。（如果"地图"不能正确地确定您所在的位置，该标记周围会出现一个蓝色圆圈。圆圈的大小取决于可以确定的您所在位置的准确度：圆圈越小，精确度越高。）

再次点击◉，◉会改变为◉，并且屏幕上会出现一个小的数字指南针，使用该数字指南针来查找您的前进方向。

Tips
"定位服务"会使用由当地的无线局域网网络提供的信息（如果您已打开无线局域网）。此功能并非在所有地区都可用。

打开或关闭"定位服务"：选取"通用"→"定位服务"，然后打开或关闭定位服务。

【获得有关当前位置的信息】：点击蓝色标记，然后点击◉。iPad 会显示您的当前位置的地址（如果可用）。

您可以使用定位服务获得路线（以此位置为终点或起点），给联系人添加位置，用电子邮件发送地址，给位置加书签，查看街景视图（如果可用）。

4.8.2　用大头针标示位置

使用已放置的大头针：触摸地图上的任一位置并按住不放来放置大头针。或者，您可以拖移或点击屏幕右下角，然后点击"放置大头针"，如图 4.45 所示。

图 4.45　放置大头针

这会在地图上放置一个大头针。触摸大头针并按住不放，然后将它拖到您所选取的任何位置。

【**获得路线**】：您还可以通过在地图上找到位置，点击指向它的大头针，再点击 ，然后点击"以此为终点的路线"或"以此为起点的路线"。

【**给位置添加书签**】：您可以给想要在以后查找的任何位置添加书签。只要该位置，点击大头针，点击名称或描述旁边的 ，然后点击"添加到书签"，如图 4.45 所示。

【**查看位置书签**】：点击屏幕顶部的 ，然后点击"书签"或"最近搜索"。

【**清除位置列表**】：点击"清除"。

【**重新排列或删除书签**】：点击"编辑"。

4.8.3　其他视图

您可以选取传统视图、卫星视图、混合视图或地形视图。只要点击或拖移屏幕右下角，然后选择"传统"、"卫星"、"混合"或"地形"即可，如图 4.46 所示。

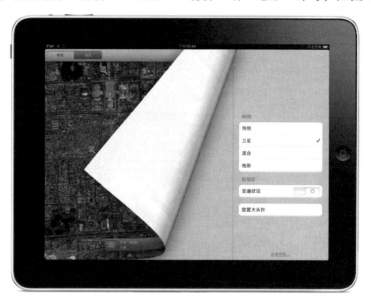

图 4.46　选取传统视图、卫星视图、混合视图或地形视图

【查看街景】：如果大头针位于某处时，点击它，发现⊙图标显示为高亮，您可以快速向上、向下、向左或向右滑动手指，360°移动全景视图。右下角的插图会显示您的当前视图。点击箭头以向下移动街道。

> *Tips*
>
> 街景视图在国内可能无法使用。

4.8.4　获得交通路线

查找交通路线无疑是我们使用地图的一个重要理由。

1. 使用地图获得路线

（1）点击"路线"。

（2）点击屏幕顶部的栏以输入起点和终点。通常，iPad 会以您当前所在的位置（如果可用）为起点。点击 S 可以将起点和终点方向反过来。如图 4.47 所示。

图 4.47　获得路线

　　如果您的联系人列表中存在地址，请点击 📖，选取联系人，然后点击"以此为终点的路线"或"以此为起点的路线"。

（3）在屏幕底部选择驾驶（🚗）、公共交通（🚌）或步行（🚶）路线。

（4）点击【出发】，地图将显示出具体路线。

路线控制条如图 4.48 所示。

图 4.48　路线控制条

- 想知道每次换乘的一段路线，请点击"起点"，然后点击 ➡ 以查看下一段旅途。点击 ⬅ 以返回。
- 想查看列表中的各段路线，请点击"起点"，然后点击 ▤。点击列表中的任何一项以查看该段旅程的地图。点击"路线概览"以返回到概览屏幕。

- 点击🕐以设定您的出发或到达时间，并选取旅程时间表。

- 点击"起点"，然后点击▤以查看"路线概览"屏幕。从该屏幕，您可以看到预计到达时间、总费用、各段旅途的相关信息以及交通方式，包括您需要步行的位置。

2. 显示交通状况

您可以在地图上显示各条主干街道和主干路的交通状况（如果可用）。

显示或隐藏交通状况：点击或拖移屏幕的右下角，然后打开或关闭"交通状况"，如图 4.49 所示。

黄色：车速在 25 ~ 5 0 英里 / 小时

绿色：车速高于 50 英里 / 小时

红色：车速低于 25 英里 / 小时

图 4.49　显示交通状况

4.9 视频

iPad 配备了绝佳的高分辨率 9.7 英寸显示屏，非常适合观赏各种视频：从高清电影、电视节目到音乐录像。

由于 iPad 实际上就是一块大屏幕，没有键盘或按钮等分散您的注意力，您可以完全沉浸在精彩的观赏内容中，长达 10 小时之久。

【播放视频】：点击视频类别，如"影片"。点击想要观看的视频。如果视频内含章节，请点击章节标题，或者只需点击▶即可，如图 4.50 所示。

图 4.50　视频播放

【播放控制】：视频播放时，点击屏幕将显示播放控制，再次点击隐藏播放控制。播放控制如表 4.3 所示。

表 4.3 播放控制表

功能	操作
暂停播放视频	点击❚❚
继续回放	点击▶
调高或调低音量	拖移屏幕音量滑块，或者使用 iPad 侧面的按钮
重头播放视频，或者播放上一章节	点击◀◀
跳到下一章节	点击▶▶
选择特定章节	点击☰，然后从列表中选取章节
前往上一首歌曲，或者有声读物或 Podcast 中的上一章节	点击◀◀两次
倒回或快进	触摸◀◀或▶▶并按住不放；按住该控制的时间越长，视频倒回或快进的速度就越快
选择视频进度	拖动进度条上的播放头
调整视频尺寸	点击⤢
选择语言 / 字幕	点击💬，然后选择

　　【**同步视频**】：使用 iTunes 将视频同步到 iPad。在将 iPad 连接到电脑之后，请使用"影片"、"电视节目"、"Podcast"以及"iTunes U"面板来选择要同步的视频。

　　【**观看租借的影片**】：可以在电脑的 iTunes Store 中租借影片，然后同步到 iPad 中；也可以直接在 iPad 的 iTunes 应用中租借影片。选取"视频"，点击"影片"类别，然后点击您想要观看的影片。选择章节，或者只需点击▶即可播放。

　　【**删除视频**】：在视频列表中，点击影片并按住不放直到出现删除按钮，然后点击⊗。

Tips

　　从 iPad 删除一个视频时，它不会从电脑上的 iTunes 资料库中删除。您依然可以从电脑的 iTunes 中重新同步到 iPad。

4.10  YouTube

此页面不存在。

4.11 iTunes

iTunes 应用在 iPad 中的作用是浏览和购买音乐与电视节目，购买和租借影片，或者下载和播放 Podcast 或 iTunes U 收藏，如图 4.51 所示。

图 4.51　iTunes Store

要在 iPad 中使用 iTunes，您必须将 iPad 接入互联网。iPad 内置的 iTunes 与电脑端不一样，无法在其中购买到应用程序。iPad 内置 App Store 提供应用程序出售。

　　购买音乐或有声读物需要登录 iTunes 账户才行。用户可以使用自己电脑中的 iTunes 账号，也可以在本应用程序中注册。但是不需要 iTunes Store 账户也可以播放或者下载 Podcast 或 iTunes U 类。

4.11.1　购买音乐和视频

　　目前在国内，使用国内 iTunes 账户登录是无法买到音乐和视频的，您可能看到的界面如图 4.48 所示，而非本章开始所展示的 4.51 界面。原因是国内的 iTunes Store 并没有提供丰富的音乐和视频商品。但是可以使用其他国家的账户登录到其他国家的 iTunes Store 购买，详情请查看第 5 章。本章的操作将针对 iTunes Store 美国账户。

图 4.52　iTunes Store 中国

　　【**查找**】：使用屏幕顶部右侧的搜索栏，搜索结果按"影片"、"专辑"或"Podcast"分类，如图 4.49 所示。

图 4.53　搜索

【**试听或预览**】：购买前想试听音乐或预览视频，可以点击该项目，然后点击▶。

【**购买音乐或视频文件**】：先点击价格，然后点击"购买"，点击"好"，完成购买。购买费用会从 iTunes Store 账户中扣除。一旦您购买了项目，它就会开始下载。已购买的歌曲会添加到 iPad 上的"已购买"播放列表，如图 4.54 所示。

【**购买视频文件**】：用户可以选择购买标准清晰度 (480p) 或高清晰度 (720p) 格式的影片和电视节目。

图 4.54　购买音乐

　　如果您删除"已购买"播放列表，则下次您从 iTunes Store 购买项目时，iTunes 会创建一个新的播放列表。

　　您可以使用 iTunes Store 礼品卡、礼券或其他促销代码进行购买。 iTunes Store 屏幕的底部会显示您的账户信息。

　　【输入兑换代码】：点击"音乐"，再点击屏幕底部的"兑换"，然后按照屏幕指示操作。

4.11.2　Podcast

　　Podcast 就是播客的意思，也可以理解为独立或者官方电台。

　　您也可以将音频 Podcast 或视频 Podcast 下载到 iPad 上，然后在将它连接到电脑时，同步到电脑上的 iTunes 资料库。

- 点击 iTunes Store 屏幕底部的"Podcast"。

- 按"精选"或"排行榜"进行浏览。

- 要查看专题节目列表，请点击一个 Podcast，点击单个 Podcast 标题将播放，如图 4.55 所示。

图 4.55　预览 Podcast

　　　　图标表示这是一个视频 Podcast，视频 Podcast 也会出现在"视频"应用程序中。

　　【下载 Podcast】：点击"BOY"按钮，然后点击"获得专题节目"。已下载的 Podcast 会出现在 iPod 的"Podcast"列表中。

　　在"iPod"的"Podcast"列表中，点击该 Podcast，然后点击"获得更多专题节目"。

　　【删除 Podcast】：某 Podcast 标题 上向左或向右扫动，然后点击"删除"。

　　【检查下载状态】：点击屏幕右下方"下载"，查看文件的下载状态，包括您已预订的购买。

Tips

如果下载已暂停或中断，则 iPad 会在下次接入互联网时再次开始下载。您的电脑打开 iTunes，并与 iPad 登录同一个账号后，iTunes 会将内容下载完成到 iTunes 资料库中。

4.11.3　预订项目

预定项目直到该项目发布的日期才能下载，一旦可供下载，下载的旁边就会出现◎图标，点击后可下载。

4.11.4　同步内容

当 iPad 连接到电脑，iTunes 会自动将您在 iPad 上下载或购买的内容同步到电脑中的 iTunes 资料库中的"Podcast"列表。

具体内容和方法请参考第 5 章。

4.11.5　查看账户信息

查看账户信息有两种方法。

- 屏幕底部并点击"登录"。如果您已经登录，请点击"账户"。

- 前往"设置"→"Store"，然后点击"显示账户"。您必须登录才能查看到您的账户信息。

4.12　App Store

您可以进入 App Store 购买数千款专为 iPad 打造的精彩应用程序，其数量还在与日俱增。

您可以在程序所属的专门区域、每个合适的分类中找到它们：游戏、生活方式、社交网络、教育等各种类别。这些应用程序经过专门设计，能充分利用 iPad 宽大、精确的 Multi-Touch 屏幕和强大的处理器，如图 4.56 所示。

　　您可以在特色推荐中查看新程序，浏览 Top 25 热门排行榜，还可以预览每个应用程序。通过快速搜索查找应用程序，然后可随时随地下载，并立刻投入使用。

总有适合您的应用程序

图 4.56　App Store

　　您从 App Store 下载并安装在 iPad 上的应用程序，会在您下次进行同步时备份到 iTunes 资料库。iPad 几乎可以兼容所有 iPhone 和 iPod touch 上的应用程序。因此，如果您已经有适用于 iPhone 或 iPod touch 的应用程序，则可以将它们从 Mac 或 PC 同步到 iPad。可以依照原始大小使用应用程序，或者在屏幕右下角点击**2x**以使应用程序放大。

4.12.1　查看应用程序

点击屏幕底部的"精选"、"类别"或"排行榜"可以按不同分类查看应用程序。也可以使用搜索栏，通过关键字查询，按照提示选择应用程序。

点击某个应用程序图标，进入该应用程序细节页，如图 4.57 所示。

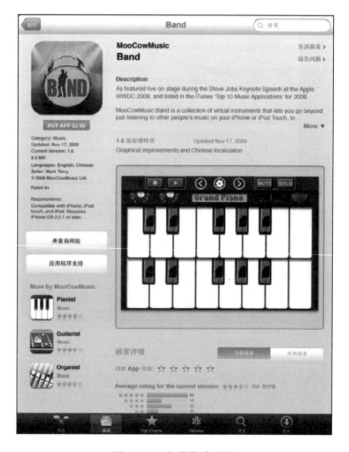

图 4.57　应用程序主页

【**购买应用程序**】：点击应用程序图标下方的价格，购买该应用程序。如果没有登录，请登录用户账号，（如果没有账号，可以点击"创建新账户"来设立一个）。点击"好"，完成购买。

【告诉朋友】：点击此链接，将用电子邮件发送应用程序"简介"页面的链接给制定好友。

【报告问题】：点击此链接，将向作者提交意见，可以选择已有项，也可以直接输入。

【客户评级和评论】：点击此链接，可以发表自己对应用程序的看法，评价会显示在本页面中。

您可以使用 iTunes Store 礼品卡、礼券或其他促销代码进行购买。 iTunes Store 屏幕的底部会显示您的账户信息。

【输入兑换代码】：点击"精选"或"排行榜"，滚动到屏幕底部，再点击屏幕底部的"兑换"，然后按照屏幕指示操作。

4.12.2　应用程序下载与更新

完成购买应用程序后，它的图标会出现在主屏幕上，并显示一个进度指示器，如图 4.58 所示。如果因为某种原因而中断下载，那么该应用程序将在 iPad 再次接入互联网时重新下载。

图 4.58　正在下载应用程序

如果您安装的应用程序有更新时，主屏幕上的 App Store 图标就会立即出现红色标示，数字代表可更新的应用程序个数，如图 4.59 所示。

图 4.59　应用程序有更新

【更新应用程序】

进入 App Store 应用程序，点击屏幕的底部的 "更新"。 选择某个应用程序，点击 "更新"，将更新该应用程序 ；点击 "更新全部"，将更新所有可更新的应用程序。

Tips

如果您尝试更新通过其他 iTunes Store 账户购买的应用程序，会提示您输入该账户的 ID 和密码以下载更新。

【删除应用程序】

在 iPad 主屏幕，触摸任何应用软件图标，并按住不放，所有图标将会开始晃动。此时点击某个应用程序图标右上方的 ❌，将删除该应用程序。按主屏幕按钮 ⬛，结束删除操作。

Tips

iPad 内建的应用程序无法删除。

删除某个应用程序，将会从 iPad 删除与该应用程序相关联的数据。

【同步应用程序】

将 iPad 连接到电脑时，iTunes 会询问您是否想要传输所购买的内容。

您也可以在 iTunes，选择设备中的 iPad 选项，并单击右键，选择 "传输购买项目" 选项，如图 4.60 所示。

图 4.60　传输已购买项目

在 iPad 上下载或购买的应用程序和其他资料将会被同步到您电脑中的 iTunes 资料库。之后，当与 iTunes 同步时，只有应用程序数据才会被备份。

　　大部分朋友刚开始使用 iTunes 都会很纳闷：为什么我的电脑里面要多装一个音乐播放软件呢？很遗憾，使用苹果公司的产品，没有 iTunes，您将寸步难行。因为，乔帮主发明了一个霸道的词语：**同步。**

　　值得庆幸的是，iTunes 也没用那么难以使用，甚至可以说，iTunes 是一个让您更轻松更愉快的工具。

　　用文件夹直接来管理音乐的方式固然简单易行，但是时间久了，我们会发现自己的音乐库越来越庞大，一层一层的文件夹让我们头大，寻找想要的音乐难上加难。一张张专辑中占用着宝贵的硬盘空间，而我们却为每天听什么歌而烦恼。

　　现在我们用上了苹果产品，使用 iTunes 可以将喜欢的音乐显示在同一个窗口，方便地进行搜索、管理和欣赏，而且在电脑上所看到的一切也能呈现在自己的 iPad 中，可以跟据收听习惯自动 Genies 出我们可能喜欢的音乐。

　　值得一提的是，iTunes 不仅仅是一个媒体播放器，更是一个应用程序商店，我们还可以下载各种各样的游戏、应用程序、电影或是世界名牌大学的课堂录影

（iTunes U），可以通过 Podcast 功能来有选择的收听喜欢的"播客"。这一切都可以同步到我们的 iPad 中，**每天只需要把 iPad 插上连接电脑的底座就可以。**

什么是 iTunes?

iTunes 是苹果公司在 2001 年 1 月 10 日发布的供 Mac 和 PC 使用的一款免费应用程序，能管理和播放您的数字音乐和视频，让全部媒体文件保持同步。iTunes 还是电脑、iPod touch、iPhone 和 iPad 上的虚拟商店，随时随地满足一切娱乐所需。

5.1　熟悉 iTunes

5.1.1　下载和安装 iTunes

iTunes 是一款免费程序，启动 Web 浏览器，登录苹果公司官方网站既可下载到 iTunes 的最新版本。在地址栏中输入 www.apple.com/itunes/download 进入该网站页面后，直接点击【立刻下载】，如图 5.1 所示。下载后，双击安装程序图标，然后按照屏幕上给出的说明就可以顺利安装 iTunes。

图 5.1　iTunes 下载网页

　　建议用户在安装的时候最好断开网络，然后把所有的杀毒软件和防控程序关闭，以免 iTunes 的某些服务无法启动。安装完毕，可以重启一次电脑。

5.1.2　熟悉 iTunes 窗口

　　安装过后，双击个人电脑桌面的 🎵 图标，进入 iTunes 主界面。iTunes 主界面可以分为三个部分，分别是：顶部音乐播放控制栏、左侧资料面板和中间内容显示界面，如图 5.2 所示。

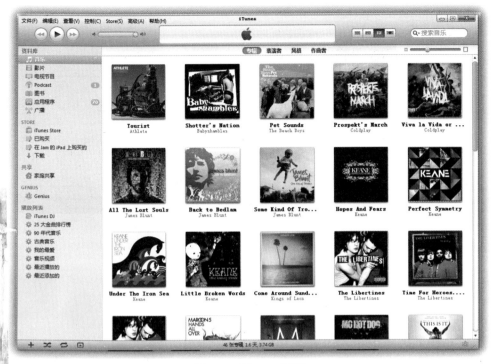

图 5.2　iTunes 界面

资源面板

在左侧的资源面板中列出了所有音频和视频资源。点击资源列表中的某一名字，可以使得内容显示界面跳转至该页面，如图 5.3 所示。

- 资料库。单击其下属的项目，可以看到用户不同集合下的所有内容，例如有什么音频、视频或者应用程序。当添加影片、App Store 下载、音乐、Podcast、铃声、图书和其他内容到 iTunes 时，在"资料库"标题下会出现子标题（如音乐、电视节目、Podcast、图书等）。

- 商店（Store）。单击该分类下属的 iTunes Store 项目，可以在 iTunes 商店里购买如音乐、影片、电视节目、免费的 Podcast、播客或学习项目等。用户已购买的内容清单和正在下载的文件会在其他几项中显示。

图 5.3　左侧资料面板和中间内容显示界面

- 设备（Device）。用户的 iPad 连接电脑，iPad 图标也会显示在此。单击此项目，用户可以查看 iPad 中的内容，并进行相关操作。

Tips

> 如果电脑的光驱里有 CD，也会在这个标题下显示出来。

- 共享（Shared）。您可以浏览局域网上其他 iTunes 用户的音乐库，并在自己的电脑上播放。

- 播放列表。播放列表是用户自己收集的歌曲列表，混合、搭配来自不同 CD 中的音乐以及用户认为合适的其他资源。

- **添加**。添加一个固定播放列表。

- **随机播放**。设置歌曲播放为随机播放。

- **🔁循环播放。** 设置歌曲播放为循环播放，用户可以个人需求设置单曲循环🔂和全部循环🔁。

- **🔼显示 / 隐藏。** 显示或隐藏按钮上端的专辑封面。

2. 顶部播放控制栏

图 5.4　iTunes 界面顶部部分

播放控制栏的功能比较简单，如图 5.4 所示。在 iTunes 的右上角有一个搜索框，用户可以在浩如烟海的资源中找到一个文件。搜索框旁边，用户将发现 3 个使用方便的按钮，可以改变窗口内的视图。

- **上一首 / 后退。** 单击 ⏪ 按钮，返回上一首歌曲。如果在歌曲播放时按住 ⏪ 按钮，可将当前歌曲快速倒后。

- **播放。** 单击 ⏸ 按钮，播放当前歌曲。如果在歌曲播放时单击 ⏸ 按键，可暂停当前音乐的播放。

- **下一首 / 前进。** 单击 ⏩ 按钮，前进到下一首歌曲。如果在歌曲播放时按住 ⏩ 按钮，可将当前歌曲快速前进。

- **音量调节。** 通过左右拉动音量调节区域中的圆点改变音量的大小。

- **音乐播放状态栏。** 通过该栏可以查看正在播放的歌曲的相关信息。

- **歌曲显示模式。** 可以通过单击 ▦▦▦ 按钮改变当前歌曲的显示方式，按钮包括【列表显示】、【专辑栏显示】、【CoverFlow 显示】（就像 iPad 上的 Cover Flow 功能一样）。

- **搜索栏。** 搜索当前被选中资料库当中的内容。如果用户选择并进入 iTunes Store 后，该栏则用来搜索 iTunes Store 当中的内容。

3. 内容显示界面

iPad 在 iTunes 打开的情况下连接电脑时，资料库面板左侧就会多出来一个【设备】菜单。单击设备下的 iPad 即可看到当前 iPad 的管理页面，如图 5.5 所示。

图 5.5　iPad 内容显示界面

在 iPad 管理界面中，用户可以看到在页面顶端有一栏导航，每一个选项都可管理 iPad 不同的内容。

- **摘要**：这是选择 iPad 进入的第一个页面。位于当前页面的顶部会显示 iPad 的自定义名称、容量、软件版本、序列号。中间部分则有两个按钮 检查更新 和 恢复 。

检查更新 ：检查当前 iPad 的软件版本，如有需要则提供更新。

恢复 ：当 iPad 出现故障，用户可以通过单击【恢复】按钮将 iPad 恢复至原始设置。

- **信息**：用户可在该页面将电脑中的日历和联系人同步至 iPad 中。
- **应用程序**：用户可在该页面将购买和下载过后的应用程序同步至 iPad 中。
- **音乐**：用户可在该页面将媒体库中的音乐同步至 iPad 中。
- **影片**：用户可在该页面将电脑中的电影同步至 iPad 中。
- **电视节目**：用户可在该页面将下载的电视节目同步至 iPad 中。
- **Podcast**：用户可在该页面将电脑中的 Podcast 服务的相关视频同步至 iPad 中。
- **图书**：用户可在该页面将购买的或者制作的图书文件同步至 iPad 中。

• 照片：用户可在该页面将电脑中的图片同步至 iPad 中。

5.2　注册 iTunes 账号

5.2.1　简单注册

　　用户在使用 iPad 的很多功能时都被要求登录自己的 iTunes 账号。注册 iTunes 账号很简单，却也是很多用户在使用 iPad 中容易产生疑问的地方。简单注册只要跟着下面的步骤操作便可。

　　（1）单击 iTunes 中资源面板的 iTunes Store 选项，如图 5.6 所示。

图 5.6　iTunes Store 界面

　　（2）单击右上角"登录"按钮，在弹出的窗口中，单击"创建新账户"按钮，如图 5.7 所示。

　　（3）【欢迎光临 iTunes Store】，选择【继续】按钮，如图 5.8 所示。

图 5.7　创建新账户

图 5.8　iTunes Store 注册界面

（4）出现 iTunes 使用条款，勾选【**我已经阅读并同意此使用条款**】，单击【继续】按钮，如图 5.9 所示。

图 5.9　iTunes Store 注册条款界面

（5）填写基础资料（邮箱地址、密码、确认密码、密码找回问题与答案、生日），确认无误后，单击【**Continue 继续**】按钮，如图 5.10 所示。

Tips
请注意提示，即密码要至少 8 位，包含数字、大写字母和小写字母。不能含空格，同一字符不能重复出现 3 次。

例如：SB2010mb 是可以通过的。

图 5.10　iTunes Store 注册填写资料界面

Tips
生日的"年份"，请选择合适时间，确保您的"年龄"超过 18 岁，否则将无法使用 iTunes Store 的完整功能。

（6）确认信息无误后，单击【继续】按钮，提供付款方式，出现填写信用卡的界面，这时应填写您的信用卡信息，以便您直接购买相关产品，对于中国用户，一般支持 Visa 和 Mastercard 的信用卡都会被支持，如图 5.11 所示。

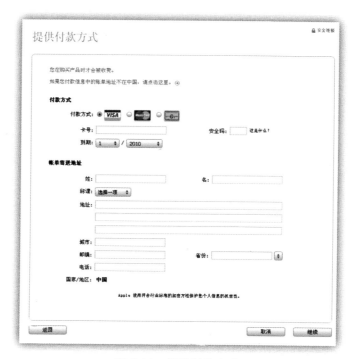

图 5.11　提供付款方式

（7）这时 iTunes 会提示激活邮件已发送到您所注册的邮箱。最后所需要的就是到所注册的邮箱收信，然后点击邮件中的链接，到 iTunes 上即可激活账号了，如图 5.12 所示。

图 5.12　iTunes Store 确认账号界面

（8）进入注册邮箱收取苹果公司的账号确认信函，单击邮件内的账号确认链接地址，如图 5.13 所示。

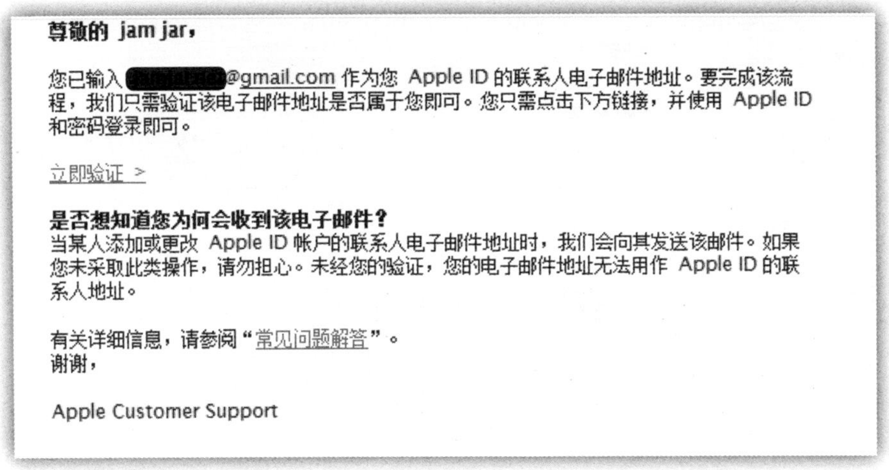

尊敬的 jam jar，

您已输入 ████████@gmail.com 作为您 Apple ID 的联系人电子邮件地址。要完成该流程，我们只需验证该电子邮件地址是否属于您即可。您只需点击下方链接，并使用 Apple ID 和密码登录即可。

立即验证 ＞

是否想知道您为何会收到该电子邮件？
当某人添加或更改 Apple ID 帐户的联系人电子邮件地址时，我们会向其发送该邮件。如果您未采取此类操作，请勿担心。未经您的验证，您的电子邮件地址无法用作 Apple ID 的联系人地址。

有关详细信息，请参阅"常见问题解答"。
谢谢，

Apple Customer Support

图 5.13　iTunes Store 邮件激活 & 确认信函

（9）激活确认邮件后，iTunes 会弹出窗口提示用户输入账号和密码，输入刚刚注册时候所填写的邮箱地址和密码，然后单击【登录】按钮。出现【恭喜，账号已成功创建】界面，单击【完成】按钮即可，如图 5.14 所示。

图 5.14　iTunes Store 账号创建成功界面

5.2.2　无信用卡注册 iTunes 账号

Ask：如果我没有信用卡或者并不希望自己的信用卡绑定账号，因为这样多少会存在着消费的风险。那该怎么才好？

按照 5.2.1 节提供的方法如果您没有信用卡，将无法成功注册，被卡在了第 6 个步骤。

其实无信用卡注册 iTunes 账号，也不是一件困难的事情。我们可以按照如下方法进行。

（1）单击"iTunes Store"，进入程序购买和下载界面，选择【免费应用软件】中的某个软件（这里以优酷高清为例），单击"Free"按钮，如图 5.15 所示。

图 5.15　点击"免费"应用程序

（2）在弹出的【欢迎光临 iTunes Store】菜单中，单击【继续】按钮。

（3）同意 iTunes Store 条款和条件。

（4）出现 iTunes 使用条款，勾选【**我已经阅读并同意此使用条款**】，单击【继续】按钮，如图 5.16 所示。

图 5.16　iTunes Store 注册条款界面

（5）填写基础资料（邮箱地址、密码、确认密码、密码找回问题与答案、生日），确认无误后，单击【**Continue 继续**】按钮，如图 5.17 所示。

　　请注意提示，即密码要至少 8 位，包含数字、大写字母和小写字母。不能含空格，同一字符不能重复出现 3 次。

　　例如：SB2010mb 是可以通过的。

图 5.17　iTunes Store 注册填写资料界面

　　生日的"年份"，请选择合适时间，确保您的"年龄"超过 18 岁，否则将无法使用 iTunes Store 的完整功能。

（6）确认信息无误后，单击【**继续**】按钮，提供付款方式，出现填写信用卡的界面，这时请选择【**无**】，如图 5.18 所示。继续填写其他项目，这样您仍然可以注册，并用账号购买免费（**Free**）的音乐和软件。

图 5.18　出现无信用注册方式

后续步骤同 5.2.1 小节的（7）、（8）、（9）步骤。

5.2.3　注册的 iTunes 美国账号

Q：我按照 5.2.1 小节的步骤注册成功，可是为什么在 iTunes Store 里面没有办法买到最新的 MTV 或者音乐专辑？

这是因为，苹果公司的 iTunes Store 在每个国家所出售的商品是不一样的。您可能想要购买的音乐、应用程序或者视频是美国 iTunes Store 里面出售的，而您使用 iTunes 中国账号，没有办法购买美国 iTunes Store 中的商品。

确实，iTunes Store 美国的程序特别棒，要相对丰富得多。想购买并使用，这时候您就需要有一个 iTunes 美国账号，方法并不困难。

（1）单击"iTunes Store"，进入程序购买和下载界面，在内容显示界面的最下端，单击【更改国家或地区】，如图 5.19 所示。

图 5.19　更改国家或地区

（2）在国家选择窗口中，单击 <img> United States 选项，如图 5.20 所示。

图 5.20　选择某个国家或者区域的图标

（3）进入美国的 iTunes Store 后，单击导航栏【App Store】，选择右侧【Free Apps】中的某个软件（这里以 Pulse New Reader 为例），单击【Free】按钮，如图 5.21 所示。

图 5.21　购买免费软件

（4）这时会出现窗口提示用户输入用户名和密码，选择【创建新账号】，如图 5.22 所示。

图 5.22　iTunes Store 登录与注册界面

（5）在弹出的欢迎窗口中，单击【Continue 继续】按钮，如图 5.23 所示。

图 5.23　iTunes Store 注册界面

（6）接下来出现 iTunes 使用条款，勾选【I have read and argee 同意条款】，单击【Continue 继续】按钮，如图 5.24 所示。

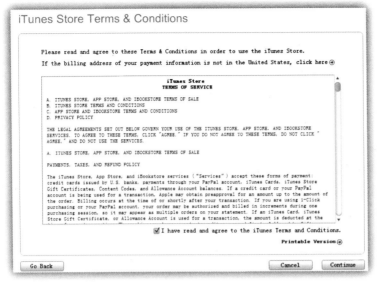

图 5.24　iTunes Store 注册条款界面

（7）填写基础资料（邮箱地址，密码，确认密码，密码找回问题与答案，生日），确认无误后，单击【Continue 继续】按钮，如图 5.25 所示。

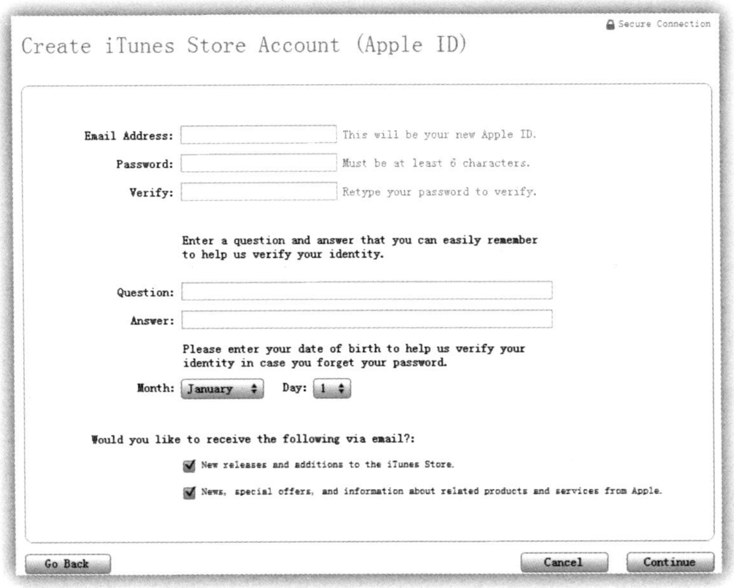

图 5.25　iTunes Store 注册填写资料界面

（8）提供付款方式，出现填写信用卡的界面，选择"None"。继续填写其他项目，这样您仍然可以注册，并用账号购买免费（Free）的音乐和软件，如图5.26所示。

Tips

Credit Card(信用卡)：None

Salutation(称呼)：先生 Mr. / 女士 Ms.

First Name(名)：例如 Jam

Last Name(姓)：例如 Lee

Address(地址)：可任意填写

CITY(城市)：例如 Las Vegas

STATE(州)：例如 NV – NEVADA

ZIP CODE(邮政编码)：例如 83235

Phone(电话)：区号3位－电话号码7位(任意填写)

图 5.26　iTunes Store 注册个人信息界面

（9）这时 iTunes 会提示激活邮件已发送到所注册邮箱。最后所需要的就是到所注册的邮箱收信，然后点击邮件中的链接，到 iTunes 上即可激活账号了，如图 5.27 所示。

图 5.27　iTunes Store 确认账号界面

（10）激活确认邮件后，iTunes 会弹出窗口提示用户输入账号和密码，输入刚刚注册时候所填写的邮箱地址和密码，然后点击【登录】。出现【Congratulations】（欢迎）界面，单击【Done】（完成）按钮即可，如图 5.28 所示。

图 5.28　iTunes Store 账号创建成功界面

5.3　iTunes 账号的关键操作

5.3.1　查询与修改个人信息

已注册用户可以随时对自己的账户 ID、密码或账单信息进行修改。

若需要查询或修改自己账户信息，单击"iTunes Store"，进入程序购买和下载界面，单击账号邮件直接进入【Apple 账户信息】页面；或者单击右边的小三角，在弹出的小窗口中选择"账户"选项，如图 5.29 所示。

图 5.29　个人信息小窗口

【Apple 账户信息】页面中用户可以更新自己的：**信用卡信息、查看购物记录。**

5.3.2　使用兑换代码、Gift Certificate 或 iTunes Gift Card

如果您收到了 iTunes Store allowance（购买额）、gift certificate（礼券）、iTunes Gift Card（礼品卡）或兑换代码，便可以用它们从 iTunes Store 购买歌曲、视频、应用程序和有声书籍等。您账户里的额度会出现在您账户名称的左侧。当您进行购买时（单击【购买】按钮），金额会变更并显示您还可使用的剩余金额。

1. 使用兑换代码

单击图 5.29 中【兑换】选项既可进入兑换页面，按照提示操作即可。

2. 使用 Gift Certificate（礼券）、iTunes Gift Card（礼品卡）

Tips

在 iTunes Store 里，您只能在某个国家或地区使用在该地所购买的礼券，而如果您的账户是中国账户，而礼券是美国的，在中国 iTunes Store 中，将无法使用。

（1）弄清楚您得到的 Gift Certificate（礼券）、iTunes Gift Card（礼品卡）的国家属性，并注册好该国家的账号（这里以美国账号为例）。

（2）进入美国 iTunes Store，单击图中【Redeem】选项既可进入兑换页面，按照提示操作即可（位置与中国 iTunes Store 中【兑换】选项一致）。

Tips

怎么购买某个国家的兑换代码、Gift Certificate 或 iTunes Gift Card？目前在淘宝上有分门别类的正版代购。

5.3.3　使用愿望清单

愿望清单是一个在线目录，用于存放您打算购买的 iTunes Store 项目。您可以直接从【愿望清单】中试听和购买项目。

1. 添加项目至【愿望清单】

选中一个您想要以后购买的项目，然后进入它的主页，单击购买邮编的箭头，在向下弹出的小窗中，选择【Add to Wish List 添加至愿望菜单】，如图 5.30 所示。

2. 查看愿望清单

进入 iTunes Store，单击图中【愿望清单】选项既可进入，如图 5.31 所示。单击价格旁边的小箭头可以选择进一步操作；单击项目图标左上方的小叉，可以将此项目从愿望清单中删除。

图 5.30　添加至愿望菜单

图 5.31　查看愿望清单

5.3.4　iTunes 账号授权

1. iTunes 账号授权

很多人不知道一个 iTunes 账号可以同时给 5 台电脑和 5 台 iPad 使用。

这给我们很多想象力。

- 要谨慎我们的账号使用的电脑。

- 应用程序可以通过一个账号供几台 iPad 同时使用

于是，找到同伴一起购买 App Store 的商品话可以省下不少钱。这样你会发现正版的软件并不贵，跟买几个苹果的价格差不多。

2. iTunes 账号授权与取消授权

在 iTunes 的菜单栏，选择 Store，并选择【对电脑授权】或【取消电脑授权】即可，如图 5.32 所示。

图 5.32　对电脑授权和取消授权

5.4　将音乐、视频和其他项目导入 / 导出 iTunes

5.4.1　将 CD 光盘音乐导入 iTunes

　　您可以将 CD 光盘上的音乐传至 iTunes 资料库中，实际上这些音乐都存放在您的电脑硬盘中，因此，您无需放入原光盘到光驱就可以聆听音乐了。

图 5.33　导入 CD

　　（1）将 CD 光盘 放入到电脑的内置 CD 或 DVD 光驱，iTune 左侧资料面板出现项目。

　　（2）当歌曲列表出现在 iTunes 内容显示界面，取消选择您不想导入的歌曲。

　　（3）单击 iTunes 窗口底部的【导入 CD】，开始导入音乐，如图 5.33 所示。

> **Tips**
>
> 　　当光盘中的歌曲出现在 iTunes 窗口中后，按住 Shift 键选择的情况下选择多首歌曲，然后【导入 CD】，此时多首歌曲会结合成单个文件导出。

（4）若要取消导入，请单击 iTunes 窗口顶端进度列旁边的小叉，或者底部的【停止导入】。

（5）当完成歌曲导入，单击设备项目下的光盘右侧图标，弹出光盘。

Tips

当导入歌曲时，您可以继续正常使用 iTunes。

Q：导入的音乐保存在电脑中哪个文件夹？

A：iTunes 将处理的文件自动保存在 iTunes Media 文件夹下面。单击 iTunes 左上角的【编辑】菜单，选择【偏好设置】/【高级】，可以看见 iTunes Media 文件夹位置（此地址可以自定义）。最后直接在电脑中打开该地址的文件夹，即可查找到导入的音乐文件。

Q：为什么找到 iTunes Media 文件夹，导入音乐的格式是 .m4a？

A：iTunes 默认的编码格式为 AAC，保存的是 .m4a 格式。可以在上面第（2）步骤时，选择内容显示界面右下角的 导入设置... ，此时在弹出的窗口中可以选择"MP3 编码器"等个性设置。

- iPad 上可以聆听以 AAC 或 Apple Lossless 格式编码的歌曲。如果您打算使用其他 MP3 播放器，请选择【MP3 编码器】。

- 若您要将导入的歌曲保存为不遗失质量的高音质 CD，请选择 Apple Lossless 或 AIFF 编码器（此格式导入的歌曲会使用较多的空间）。

- 若您要在未安装 MP3 软件的电脑上播放歌曲，请选择 WAV 编码。

Q：如何设置才能兼顾文件大小、音质好坏、播放设备？

A：歌曲所占用的空间大小取决于歌曲及 iTunes【导入设置】中的选项，音质也受其影响。一般来说，文件越大，效果越好。iTunes 播放格式如表 5.1 所示。

表 5.1　　　　　　　　　　　　iTunes 播放格式及评价

编码格式	能顺利播放的器材	文件大小	评价
AAC (MPEG-4)	iPad、iPhone、iPod，支持 QuickTime 的应用程序	> 1 MB/min（高质量设置）	装有 QuickTime 6.2 或以上版本的 Windows 和 Mac 电脑
MP3	iPad、iPhone、iPod，以及大部分数字音乐播放器	1 MB/min（高质量设置）	兼容性好
AIFF	很多应用程序	10 MB/min	可以用于将导入歌曲刻录为高质量的音效 CD
WAV	Mac 电脑 和未安装 iTunes 的 Windows 电脑	10 MB/min	Windows 原生播放格式
Apple Lossless	某些 iPod 机型，支持 QuickTime 的应用程序	5 MB/min	可以用于将导入歌曲刻录为高质量的音效 CD

　　AAC 编码文件的音质与 CD 相当，与相同或更高的位传输率来编码的 MP3 文件相比，其音质甚至更好。例如，128 Kbit/s 的 AAC 文件的音质应该等同或甚至超越 160 Kbit/s 的 MP3 文件，而大小还会比 MP3 文件小一点。

Tips

　　AAC 文件能让您将大部分的音乐储存在硬盘或 iPad 上。您可以通过 Apple Lossless、AIFF 或 WAV 将相同数量的歌曲刻录至音效 CD；通过 Apple Lossless 编码器编码的歌曲文件最小。

　　Q：CD 录入后，为什么播放音乐文件有杂音，很不清楚？

　　A：可能是因为光驱没有正确地读取光盘。您可以尝试启用 iTunes 的错误更正功能。

　　即单击内容显示界面右下角的 ▭ 导入设置… ，此时在弹出的窗口中勾选"读取音乐光盘时使用纠错功能"，然后再导入 CD。

5.4.2　导入电脑中已有的音乐和视频文件

　　在 iTunes 第一次被打开时的资料库都是空的，需要用户自行添加。如果电脑上已有音频或视频文件，您便可以将其导入到 iTunes 中，这样它们便会显示在 iTunes 资料库中，然后，您才能再使用 iTunes 将音乐和视频导入 iPad，如图 5.34 所示。

图 5.34　将音乐导入 iTunes

将文件导入到 iTunes 资料库的方法有两种。

- 选择 iTunes 菜单【文件】→【将文件（文件夹）添加到资料库】，并搜索要加入的文件或文件夹。

- 在电脑中将文件或文件夹直接从其位置拖到 iTunes 窗口中。

Tips

您将文件导入到 iTunes 资料库后，原始文件仍位于其原位置。如果您改变了文件位置，删除或变更了文件名，iTunes 中将无法播放该文件。

5.4.3　创建播放列表

播放列表是歌曲和视频的自定选集，您可能在合特定的心情或场合想听某个自定义的播放列表，您也可能需要将某些歌曲来与您局域网上的其他电脑共享或是与您的 iPod 同步。此时，创建播放列表都是必不可少的。

iTunes 提供了 5 种形式的播放列表，如图 5.35 所示。

- **标准播放列表**：单击 ，通过将项目拖到列表中来创建这个播放列表。

- **智能播放列表**：选取"文件"→"新建智能播放列表"。指定一些让 iTunes 遵循的规则，那么它会创建一个随资料库的变动而自动更新的智能播放列表。

图 5.35　5 种播放列表

- **Genius 播放列表**：选择资料库中的一首歌曲，单击 iTunes 窗口底部的 Genius 按钮 ，则 iTunes 会创建一个包含资料库内类似音乐的 Genius 播放列表。

- **Genius 混合曲目**：在 iTunes 窗口的左侧（在"Genius"下面），单击"Genius 混合曲目"。iTunes 可以使用您资料库中的歌曲创建某种风格（如非商业性的广播电台）的动态播放列表。

> **Tips**
>
> 前提是打开 Genius，选取"Store" > "打开 Genius"。

- **iTunes DJ 播放列表**：也称为"现场混音"，单击 ，iTunes DJ 播放列表包含从资料库或播放列表中随机选择的歌曲。

5.4.4　删除歌曲、播放列表或其他项目

1. 删除资料库中的项目

请单击该项目来将其选取，然后按键盘中 Delete 键或者单击右键并在弹出的菜单中选择【删除】。

如果弹出窗口，询问是否保留文件。此时若要从电脑中删除该文件，则选择【移到"回收站"】，项目会在您下次清空【资源回收站】时删除。

2. 删除播放列表中的项目

　　删除播放列表中的项目，单击该项目来将其选取，然后按键盘中 Delete 键或者单击右键并在弹出的菜单中选择【删除】。

- 从播放列表移除项目，该项目并不会将其从您的 iTunes 资料库（或电脑硬盘）中移除。

- 删除播放列表或播放列表文件夹并不会移除 iTunes 资料库或电脑硬盘中的歌曲。

- 若您删除 iTunes Media 文件夹，则此文件夹内的所有播放列表和文件夹也将会被一起删除。

- 您无法从已启用"实时更新"的【智能播放列表】中移除歌曲，因为此播放列表会持续更新。

5.4.5　刻录 CD/DVD

　　选择含有您想要刻录到光盘之歌曲的播放列表，并请确定所有您想要刻录的歌曲旁边都有勾选符号。

　　（1）放入空白光盘，iTunes 会弹出提示窗口，如图 5.36 所示。

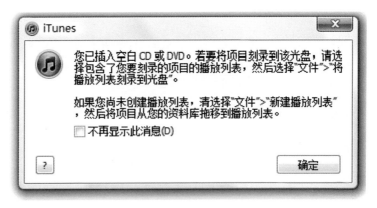

图 5.36　检测到空白盘提示

　　（2）按照提示将想要刻录的项目组合成播放列表，如图 5.37 所示。

图 5.37　要刻录的项目组合成播放列表

（3）选择 iTunes 菜单"文件"→"将播放列表刻录到光盘"。

（4）开始【刻录】。

5.4.6　备份 iTunes 资料库和从 iTunes Store 购买的项目

　　您可以轻松地将 iTunes 资料库、播放列表和 iTunes Store 购买项目备份到 CD 或 DVD 上进行妥善保管。为了减少备份所需的光盘数量，iTunes 可以只备份自上次备份后新增或更改的项目，或只备份从 iTunes Store 购买的项目。

　　备份从 iTunes Store 购买的项目是非常重要的操作。如果您由于某种原因遗失某个已购买项目且没有进行备份，您只能再次购买它。

1. 制作备份 CD 或 DVD

　　选择【文件】→【资料库】→【备份至光盘】，如图 5.38 所示。选择您的选项，放入空白光盘 (CD-R、CD-RW、DVD-R 或 DVD-RW)。单击【备份】按钮。

图 5.38　资料库备份至光盘

iTunes 只会刻录符合一张光盘容量所能容纳的档案数目，然后要求您放入另一张光盘以继续刻录剩下的档案。

2. 恢复备份的文件

放入备份光盘，即会显示一个对话框，询问您是否要恢复。若要使用光盘内的文件取代 iTunes 资料库中的文件，请选择【覆盖现有文件】。单击【恢复】，并依照屏幕上的提示来操作。

您使用 iTunes 备份功能刻录的光盘仅可用于恢复资料库，而您无法用 CD 或 DVD 播放器来播放它们。

5.4.7　在多台电脑间共享 iTunes 数据库

若您的电脑是经由局域网络连接到其他电脑，则您最多可以和 5 台电脑共享数据库内的文件。在您的电脑和 iTunes 都是开启的状态下，网络上的其他人都可以播放您的共享项目，但无法将共享文件保存到他们的资料库中。

若您想导入家中其他电脑上 iTunes 资料库内的项目，您可以启用【家庭共享】。您最多可以在 5 台电脑上使用【家庭共享】。若要使用【家庭共享】，您必须有 iTunes Store 账户。

Tips

音乐共享仅限于个人使用，最多可将音乐、视频以及更多内容流化和传输到局域网上的其他 5 台电脑中。

1. 与其他电脑共享您的资料库。

（1）打开 iTunes。

（2）选择 iTunes 左侧的"家庭共享"图标，如图 5.39 所示。

（3）如果未看到"家庭共享"图标，请选择【编辑】→【偏好设置】，单击【共享】选项卡，然后勾选"在我的局域网共享我的资料"。选择您要共享的项目。若想要求用户先输入密码才能看到您的共享项目，请勾选"需要密码"，然后输入密码。

图 5.39　"家庭共享"图标

Tips

启用"家庭共享"之后，代表自身电脑的 Home 图标将不再显示。

（4）出现提示时，输入 iTunes 或 App Store 账户名和密码，如图 5.40 所示。

图 5.40　输入 iTunes 或 App Store 账户名和密码

　　（5）单按"创建家庭共享"。

　　（6）按照上述步骤在局域网中的其他电脑上启用"家庭共享"。

2. 使用【家庭共享】

　　（1）在 iTunes 左侧的"共享"下，找到并点按要连接到的家庭共享，如图 5.41 所示，查看该家庭共享的内容。

　　（2）查看家庭共享时，可以进行如下操作。

图 5.41　找到家庭共享

- 将音乐和视频流化到电脑：连按某个文件即可聆听 iTunes 资料库中的音乐或观看其中的视频内容。

- 手动将 iTunes 内容传输到 iTunes 资料库：在"家庭共享"中选择要传输到 iTunes 资料库的内容，然后将该内容拖到 iTunes 资料库中。还可以在"家庭共享"中选择要传输到 iTunes 资料库中的内容，然后点按 iTunes 右下角的"导入"按钮，如图 5.42 所示。

图 5.42　传输内容到 iTunes 资料库

3. 自动在家庭共享之间传输 iTunes Store 内容

　　（1）选择传输内容来源电脑对应的家庭共享。

（2）点按 iTunes 右下角的"设置"，并指定要传输的 iTunes Store 内容类型，如图 5.43 所示。

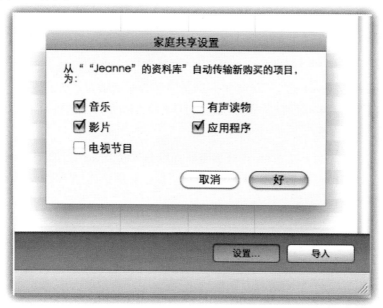

图 5.43　指定要传输的项目内容类型

（3）当您下次下载该家庭共享电脑上的 iTunes Store 内容时，iTunes 会自动将这类内容传输到您的 iTunes 资料库中。

"家庭共享"不会自动传输启用该功能之前所购买的 iTunes Store 内容。您仍可在家庭共享之间手动传输 iTunes Store 和其他内容。

Q：为什么我找不到共享资料库?

A：共享资料库无法找到，请确认如下两项。

• 请确定您已经在 iTunes 偏好设置中选择【共享】窗口中的【查找共享资料库】。

• 请确定【共享】旁边的三角形尖角向下（按三角形一下）。

如果您仍然看不到任何共享数据库，局域网络上可能没有启用共享的电脑。

5.4.8　将从 iTunes Store 购买的文件转移到其他电脑

如果您的 iPad 或 iPhone 上有从 iTunes Store 购买的文件，您可以使用它来将购买的文件至其他经过授权的电脑。如果您经常使用多部电脑（例如，在家、在公司或学校）来购买来自 iTunes Store 的项目，并希望所有购买项目都能显示在这些电脑中的 iTunes 资料库中，则您可能会想要执行此动作。

（1）请确定 iPad 或 iPhone 里有您要传送的购买项目。请确定目标电脑（您想要传送项目的对象）已获授权可播放从 iTunes Store 购买的项目（请选择 Store → [对这台电脑授权]。

（2）将您的 iPod 或 iPhone 连接至目标电脑。若 iPad 或 iPad 是设定为手动管理项目：请等待设备出现在 iTunes 资料面板，然后选择 文件→ 自 iPad 传送购买项目。

> **Tips**
>
> 除非歌曲是 iTunes Plus 版本，否则从 iTunes Store 所购买的项目最多在 5 台授权电脑上播放。

5.5　影音全体验

5.5.1　收听广播

您可以使用 iTunes 收听通过 Internet 传输的现场连续播放的音乐广播。在 iTunes 中，单击位于【资料库】下方的【广播】图标 。

若要查看可收听的电台，请在 iTunes 内容显示界面中，单击要收听的音乐类型旁的三角形（如 ▼ **90s Hits**）。双击弹出的下拉菜单中的电台，既可以开始收听。

您无法收录或保存广播中的歌曲，但可以将最喜爱的电台加入音乐资料库或播放列表中，以便能够轻易地收听广播。方法很简单，直接拖入音乐资料库或播放列表即可，如图 5.44 所示。

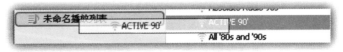

图 5.44　将电台加入播放列表

Tips

如果您连接 Internet 的速度一般，为取得最佳的收听效果，请选择位传输率小于 48 Kbit/s 的广播电台。或者尝试选择【编辑】→【偏好设置】，单击【高级】选项卡，然后从【流媒体缓冲区大小】快捷菜单中选择"大"。

Q：iTunes 广播中的电台都是英文的？可是我想听中文广播啊！

A：如果您知道某个在线中文 广播的 Internet 地址（URL），就可使用 iTunes 连接至该网站。

选择【高级】>【打开音频流】，输入所要收听档案的完整 URL 地址。

例如：http：//www.apple.com/itunes/sample.mp3

5.5.2　交叉渐入渐出歌曲

播放音乐歌曲时，如果您希望在一首歌曲结束另一首开始时没有无声间隙，可以这样操作。

选择【编辑】→【偏好设置】，然后选择【回放】选项卡，请勾选【交叉渐入渐出歌曲】。

若要减少或增加目前歌曲于结尾处渐入和新歌曲渐出的时间，请向左或向右拖动"秒"滑杆。

5.5.3　无间隔播放专辑

某些光盘，例如现场音乐会专辑或者古典音乐专辑，本来就应该按顺序播放，而且歌曲（轨道）之间没有渐入渐出的效果。若您已经启用【交叉渐入渐出歌曲】（用来渐入渐出歌曲），在播放这些专辑时，您可以设定 iTunes 自动停用这个功能。

1. 若要取消特定歌曲的【交叉渐入渐出歌曲】

在 iTunes 中，选择歌曲，然后选择【文件】→【显示简介】（也可以单击鼠标右键，选择【显示简介】）。选择【选项】卡，去掉勾选【加入无缝播放专辑】。

2. 若要一次更改多首歌曲

按住键盘 Ctrl 键，并点选歌曲。然后选择【文件】→【显示简介】(也可以单击鼠标右键，选择【显示简介】)。选择【选项】，去掉勾选【无缝播放专辑】。

5.5.4 以特定的顺序播放歌曲

若要以歌曲名称、表演者或专辑名称等的字母顺序来播放歌曲，请单击 iTunes 歌曲清单中的对应标题栏。

若要更改播放列表中的歌曲顺序，请依照您要的顺序来拖移歌曲。

> **Tips**
>
> 若歌曲已依照其他标题来分类，或随机播放已启用，则您无法将歌曲重新分类。若要停用随选播放，请单击【随机播放】按钮 + ⤬ ⟳ ▣ 。

5.5.5 个性化调整每首歌的音量

若要更改所有歌曲的音量，请使用 iTunes 窗口左上方的音量滑杆 。最大音量受限于您对电脑音量的设定。

iTunes 资料库中的某些歌曲或视频可能会大于或小于平均音量。若要调整特定歌曲或视频的音量，请将其选取，选择【文件】→【显示简介】(也可以单击鼠标右键，选择【显示简介】)。选择【选项】卡，再向左或向右拖移音量滑杆。iTunes 会在每次播放这歌曲或视频时使用此设定。

若要让所有歌曲和视频以相同的音量播放，选择【编辑】→【偏好设置】，然后选择【回放】选项卡，并勾选【音量平衡】。

5.5.6 使用 iTunes DJ 制作混曲

iTunes 可以制作随机播放歌曲的播放列表，用来随机播放资料库或是播放列表中的歌曲。iTunes DJ 播放列表会继续自行更新，而且您可以随时进行编辑。

（1）制作 iTunes DJ 现场混曲。

在左侧资料面板【播放列表】下方，单击 iTunes DJ。

- 若要选取现场混音的特定播放列表（而非您的资料库），请从 iTunes 窗口底部的 未激: ♪ 音乐 ⫶ 快捷菜单中选择一个选项。

- 若要更改您希望在播放列表中出现的已播放歌曲或即将播放歌曲的数目，请单击【设置】。

- 若要更改播放顺序或是加入新的歌曲，请手动拖移。若要删除歌曲，请选取它然后按下键盘［Delete］键。

（2）若要隐藏 iTunes DJ 播放列表

选择 iTunes 选择菜单【编辑】→【偏好设置】，然后单击【常规】选项卡。在"源"窗格里取消勾选 iTunes DJ。

播放 iTunes DJ 混曲时，您可以使用 iPad、iPhone 或 iPod touch 上的 Remote 应用程序来点播歌曲。您还可以让访客点播要播放的歌曲，并让他们对歌曲进行投票。若启用了投票功能，歌曲会依照其得票数在清单里上下移动。

5.5.7 iPad 与电脑 iTunes 互动点播与投票

1. 若要允许访客点播歌曲

在左侧资料面板【播放列表】下方，单击 iTunes DJ。单击请单击【设置】（位于窗口底部）。

在【iTunes DJ 设置】窗口中，勾选【允许客人在 iPad 和 iPod touch 上使用 Remote 点播歌曲】。

- 若要允许访客对歌曲进行投票，请选择【启用投票】。

- 若想要求访客先输入密码才能点播或投票，请选择【需要密码】，然后输入密码。

- 若要自定义访客在加入派对时看到的信息，请在【欢迎信息】区域中输入内容。

2. 使用【遥控器】应用程序点播歌曲

在 iPad、iPhone 或 iPod touch 上，点击【设置】按钮，然后选择加入主人的 Wi-Fi 网络。

使用 Remote 应用程序，点击 iTunes DJ 名称来加入派对。如果主人要求密码，请输入密码。

- 若要点播歌曲，请点击"挑选歌曲"，然后点选歌曲。

- 若要对 iTunes DJ 混曲中的歌曲进行投票，请点选歌曲，然后点"喜欢"或"不喜欢"。

5.5.8　观看视频

观看视频与播放音乐一样，请在您的资料库或播放列表里双击文件即可。

Q：为什么我无法将电脑中的视频导入 iTunes 中播放呢？直接拖入和菜单导入都不行！

A：iTunes 只能播放少数几种格式的视频，您可以在 iTunes 中观看以下类型的视频。

- 从 iTunes Store 购买的视频（您也可以在 QuickTime Player 中观看这些视频）。

- 从 iTunes Store 免费下载的视频 Podcast。

- QuickTime 兼容的视频（例如以 .mov 或 .mp4 为后缀的文件）。

5.5.9　使用字幕和替用音轨

部分视频具有字幕、隐藏式字幕和替用音轨（例如，使用其他语言）的功能。使用字幕和音轨的方法如下。

若要更改用于字幕和音频的默认语言，请选择菜单【编辑】→【偏好设置】，单击【回放】选项卡，然后从【音频语言】和【字幕语言】弹出式菜单中选择语言。

若要打开或关闭隐藏式字幕，请选择【在可用时显示隐藏式字幕】。

在影片播放时，若要快速打开或关闭字幕，请将指标移到影片上，待控件出现后，再单击【字幕】按钮。

5.5.10　改正带有奇怪字符的歌曲标题

Tips

什么是 ID3？ 为什么要更改 ID3？

　　ID3 标签是 MP3 音乐文件中的附加资料，它能够在 MP3 音乐中附加演出者、作者以及其他类别资料，方便了音乐的管理。缺少 ID3 标签并不会影响 MP3 的播放，但若没有的话，管理音乐文件会相当的麻烦。

　　我们经常会发现电脑下载下来的音乐当中的 ID3 信息都不全或是错误的。iTunes 资料库是根据 ID3 信息将其音乐组合在一起的，也就是说，如果 ID3 错误或是不全的话，那么 iTunes 整理出来的音乐专辑内容也会缺失或者是不正确的。

ID3 更改方法（这里以 Songs About Jane 专辑为例）

　　（1）对某一个需要更改 ID3 信息的音乐文件点右键，选择【显示简介】，如图 5.45 所示。

图 5.45　iTunes 音乐列表右键菜单界面

（2）在信息选项中可以看到该音乐的名称、表演者、专辑。修改对应的选项后，相同表演者和专辑名称的音乐就会被整合在一个专辑里了，确认无误后单击【确认】按钮，如图 5.46 所示。

图 5.46　iTunes 音乐管理信息修改界面

> **Tips**
>
> 如需修改多个音乐文件的 ID3，则可以多选音乐后再选择【显示简介】，并照上面所说修改即可。

5.5.11　专辑封面添加

如果您所添加的音乐是 iTunes Store 里所售音乐，iTunes 可以自动 帮助您在互联网上查找相关音乐的专辑的封面，或者手工通过点选右键 "获取专辑插图" 功能来获取，如图 5.47 所示。

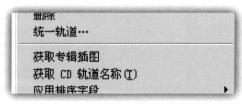

图 5.47　获取专辑插图

　　不幸的是，并不所有的音乐都能自动查找到封面，所以您需要手工添加专辑封面（这里以 Songs About Jane 专辑为例），整理过后的专辑用户可以在音乐管理界面下看到是没有封面的，如图 5.48 所示。

图 5.48　iTunes 音乐管理界面

封面添加方法：

　　（1）进入该专辑的音乐列表（这里以 Songs About Jane 专辑为例），如图 5.49 所示。

图 5.49　iTunes 音乐列表 & 左侧封面界面

　　（2）点击 iTunes 左小角的　　　显示专辑的封面（如果当前音乐没有封面，会如图 5.50 所示）。

图 5.50　iTunes 音乐封面

（3）全选该专辑内的所有音乐文件，如图 5.51 所示。

图 5.51　iTunes 音乐列表全选状态

（4）将专辑封面图片拖至下面的窗口。成功添加过后，可以看到选择该专辑或专辑中的任何一首歌曲的时候，iTunes 的左下角都会显示该音乐所属的专辑封面，如图 5.52、图 5.53 所示。

图 5.52　iTunes 音乐封面 1

图 5.53　iTunes 音乐封面 2

专辑截图的尺寸建议分辨率在 300X300 以上，这样不管在 iTunes 或是 iPad 中，专辑封面的显示效果都会比较好。

5.6　iTunes Store

iTunes Store 包含成千上万的歌曲、专辑、视频，以及其他项目供选购，同时也包含大量的免费项目。iTunes Store 中包含的项目如图 5.54 所示。

图 5.54　iTunes Store 顶端导航

- 音乐：在 iTunes Store 中国，没有音乐可以购买，如果您想购买，请使用其他国家的账号。

- 视频。在 iTunes Store 中国，影片、电视节目、音乐录影带、短片等在 iTunes Store 中提供的资源非常有限，如果您想购买，请使用其他国家的账号。

- 应用程序。每个国家 iTunes Store 中销售的内容都不一样。应用程序需要同步到 iPad、iPhone 或 iPod touch 才能使用。

- Podcast。下载免费的广播和电视类型节目。

- 有声书。聆听大声朗读的书籍。在 iTunes Store 中国不提供。

- 教育媒体。从 iTunes U 下载免费的音频和视频文件。

iTunes Store 美国的界面如图 5.55 所示，iTunes 中国的界面如图 5.56 所示。

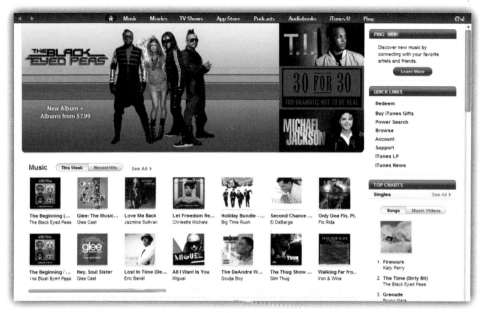

图 5.55　iTunes Store 美国的界面

图 5.56　iTunes Store 中国的界面

5.6.1 购买各种文件

iPad、iPhone 或 iPod touch 上的程序大部分都是通过 iTunes 下载和购买得来的，而前提下是需要我们之前所说的 iTunes 账号，进入 iTunes App Store 中的程序介绍界面后，单击【购买】即可轻松购买和自动下载程序。而购买下来的程序会被自动添加至 iTunes 资料库中的应用程序当中。

音乐和视频或者其他项目文件都与之类似。

Tips

所有交易都无法取消。在单击【购买】之后，您无法取消购买项目。

● 下载中途结束 iTunes 或重新启动电脑，则下次您开启 iTunes 时，歌曲会继续下载而不会索取任何额外的费用。

● 如果您的硬盘受损，或是遗失某个已购项目，您只能再次购买它。

5.6.2 确定已拥有全部的购买文件

当您开启 iTunes 时，它会检查您是否还有尚未下载到电脑中的 iTunes Store 购买项目。

您也可以在任何时候进行检查。若要确定您的所有购买项目都已下载完成，可以在 iTunes 中，请选择 Store →【检查可用的下载项目】。在弹出的窗口中输入您的 iTunes Store 账户 ID 和密码，然后单击【检查】。

iTunes 会下载已购买但尚未存放在电脑上的项目。

【已购买】播放列表会显示所有您购买的项目。然而，因为您可以加入或移除该播放列表里的项目，所以此列表不一定是准确的。若要查看所有购买项目，请单击 iTunes Store 内容显示区右上角的账号邮件直接进入【Apple 账户信息】页面，去查看"购买记录"。

如果您删除【已购买】播放列表，当您从 iTunes Store 购买项目时，iTunes 便会自动建立制作一个新的清单。

5.6.3 更新应用程序

每一个购买的程序都有可能会推出更新的版本，想要及时获得程序的最新版本的话，就需要用户主动检测是否有更新。在 iTunes 应用程序的管理界面下端，我们可以看到有【检查更新】和【获得更多应用程序】的选项，如图 5.57 所示。

图 5.57　App Store 更新程序

点击【检查更新】便可知道资料库当中哪一个程序当前有更新的版本，如果检测到程序有新版本，会有窗口提示是否更新程序，随后进入更新页面查看和更新程序。

Tips

购买过后的程序，更新版本是免费的。

5.6.4　授权电脑从 iTunes Store 购买的文件

您从 iTunes Store 购买的许多文件都受到数字版权管理 (Digital Rights Management，DRM) 的保护。这些受保护的购买项目能够。

- 在 5 台电脑上播放
- 与 iPod 同步
- 与 Apple TV 同步或连续播送

因此，从 iTunes 中购买下载文件后，您需要使用 iTunes Store 账户和密码来对计算机进行授权。(授权可用来保护购买项目的版权)。

用户一次最多可以对 5 台电脑 (Macintosh、Windows) 授权。若要在第 6 台电脑上播放购买的项目，您必须先取消某台计算机的授权。iPad 、iPad 和 iPod touch 不算一台电脑。

若要授权某台电脑播放从 iTunes Store 购买的项目，请选择菜单 Store →【对这台电脑授权】。

Tips

您可以随时对一台计算机进行授权或取消授权。在您出售或处理旧计算机前，请确定已经取消对它的授权。

若您忘记为不再拥有的计算机取消授权，您可以一次同时取消授权所有以往授权过的计算机。选择 Store →【显示我的账户】，然后单击【取消授权全部】。若您没有看到此选项，表示您以前并未授权过 5 台电脑。

Tips

您每年可以使用此方法一次。

5.7　同步

当 iPad 连接电脑时，iTunes 第一次会自动同步。新的曲目、播放列表会被自动复制到设备当中，而音乐、视频、程序的同步需要用户在设备管理界面中的各个管理界面先选择同步才会自动同步该项内容。

例如我们现在需要同步音乐，首先我们需要进入 iPad 管理界面当中的音乐选项菜单，再来勾选【**同步音乐**】，如图 5.58 所示，这样以后同步的时候就会自动将资料库的音乐同步至 iPad 当中，而其他内容的同步也是如此。

图 5.58　iTunes iPad 同步音乐界面

如上所诉，按照您的需求有选择性地勾选好【同步应用程序】、【同步音乐】、【同步影片】、【同步电视节目】、【同步 Podcast】、【同步照片】后，单击 iTunes 下部的"同步"按钮后，iPad 开始和 iTunes 同步，如图 5.59 所示。

Tips

电脑资料库当中如果有文件被删除，而下次同步的时候，iPod/iPad 里的这些文件也会被删除。

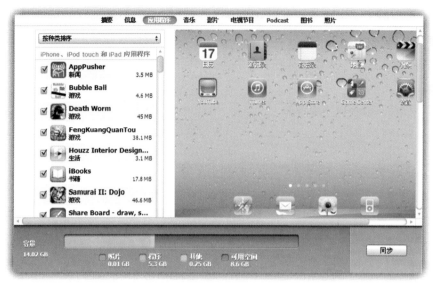

图 5.59　同步

用户如果不想让 iPad 每次连接数据线都同步的话，可以通过在 iPad 管理的摘要界面中去选【**连接此 iPad 时打开 iTunes**】来取消，如图 5.60 所示。

图 5.60　同步选项

5.7.1　手动管理音乐和视频

上一节提到了将资料库里所有的音乐同步至 iPad 当中，如果用户想自己一张一张专辑的添加应该怎么办呢？

这里用户仅仅需要在 iPad 管理摘要界面中勾选【**手动管理音乐和视频**】，再点击应用即可，如图 5.61 所示。

图 5.61　选择手动管理音乐和视频

手动添加音乐 / 视频方法：

单 击 选 择 一 张 专 辑，然 后 按 住 拖 动 该 专 辑 至 左 侧 设 备 中 的  当中即可，而手动添加影片的方法也一样。

5.7.2　手动管理应用程序

首先我们需要进入 iPad 管理界面当中的【应用程序】选项菜单，如图 5.59 所示。

在界面的左侧，显示的是您已经在 iTunes 中下载，并且希望与 iPad 保持同步的应用程序。

可以通过勾选来确定哪些程序会被同步到 iPad 中。

5.7.3　导入电脑中已有的图片文件

图片文件的导入与音乐和视频文件不同，如图 5.34 所示，左侧资料面板资料库中并没有图片项目。

　　如果要同步照片，请先将照片放在特定的文件夹中，并在同步前，在 iPad 设备管理界面中的"照片"管理界面先选择在该文件夹，如图 5.62 所示。

图 5.62　选择要同步的照片文件夹

5.8　恢复与备份

5.8.1　备份 iPad

　　通过 iTunes 上的设备备份功能，用户可以轻松备份 iPad 上的音乐、联系人、程序、相片等等的内容。在设备出现故障或需要还原的时候，原来备份过的资料也可被还原至 iPad 当中。

　　备份方法：

　　确认 iPad 已与 iTunes 相连，对着 iTunes 左侧资料库里的 ▶ Jam 的 iPad 按右键，选择【备份】即可轻松备份当前 iPad 里的内容，如图 5.63 所示。

图 5.63　iTunes iPad 连接
左侧右键界面

5.8.2　还原 iPad

如 果 iPad 之 前 被 备 份 过， 光 标 置 于 iTunes 左 侧 资 料 库 中 的 ▶ 📱 Jam 的 iPad　📟⏏上，单击鼠标右键，弹出的菜单中会多出一项【**从备份恢复…**】，如图 5.64 所示。

图 5.64　iTunes iPad 连接左侧右键界面

还原方法：

（1）确认 iPad 已与 iTunes 相连，对着 iTunes 左侧资料库里的 iPad 设备按右键，点击【**从备份恢复…**】。

（2）选择之前相关的备份，按【**恢复**】即可将之前备份的资料恢复至现连接设备当中，如图 5.65 所示。

图 5.65　iTunes iPad 备份中恢复界面

6.1 使用 iPad 一定要有账号吗？

是的。iPad 激活的先决条件之一就是安装了 iTunes。iTunes 的操作都是基于用户对应的 iTunes 账户的。.

iPad 的最大魅力在于不断更新的千奇百怪的 App，这一切都需要利用自己的账号在 iTunes Store 中购买。因此，使用 iPad 一定要拥有自己的账号。

建议各位玩家要重视自己的账号，保护好个人隐私。

6.2 为什么我注册 iTunes 账号在确认密码的时候总是不成功？

注册 iTunes 账号的界面如图 6.1 所示。

图 6.1　iTunes Store 注册填写资料界面

（1）. 密码要至少 8 位，包含数字、大写字母和小写字母。不能含空格，同一字符不能重复出现三次。

（2）．输入的出生日期可以不用真实信息。但是要注意时间，因为只有 18 岁以上的用户才能正常购买 iTunes Store 中的各种软件。

6.3　iPad Wi-Fi + 3 G 版本上网收费会不会很贵啊?

iPad Wi-Fi+3G 与 iPad Wi-Fi 的最大区别就是它支持 3G 上网。这样，用户就可以在任何有移动网络覆盖的地方无线上网了。iPad Wi-Fi 只能在具备 Wi-Fi 网络的地方才能上网。

一般情况下，当用户处于某个地方时，iPad Wi-Fi + 3G 会优先搜索并加入该地方的 Wi-Fi 网络。如果该地方没有 Wi-Fi 网络覆盖，iPad Wi-Fi + 3G 则会使用 3G 网络。

只要不下载体积较大的文件或者在线收看视频，其他网络服务的流量并不会太大。当然，国外漫游另当别论。具体收费可以咨询移动运营商。

最稳妥的方式是在【设置】选项中关闭【启用 3G】、【蜂窝数据】和【数据漫游】。具体操作如下。当需要使用网络服务时，再实时开启。

- 点击 iPad 的主屏幕 点击"设置" 🔧 。
- 进入设置界面后，选择【通用】→【网络】→【网络】。
- 关闭【启用 3G】、【蜂窝数据】和【数据漫游】

6.4　为什么我的 iPad 里面只有一页内容，只能上上网，看看地图?

您拥有了 iPad 之后需要在 iTunes 中同步音乐和视频，需要在 iTunes Store 中购买应用程序（免费或者付费）。只有安装了众多 App 应用程序的 iPad 才会让您越来越觉得好玩有趣。

6.5　为什么每次我的 iPad 连接上电脑都会启动 iTunes，并同步数据，可是我并不想

在默认情况下，每次当 iPad 用数据线连接至电脑，iTunes 会自动启动，并同步数据。这两种情况都可以通过设置来避免，具体操作如下。

1. 取消自动打开 iTunes

打开 iTunes，在左侧资料面板中选择 iPad 设备，右侧出现 iPad 摘要界面。

iTunes 内容显示界面中将滚动栏往下拉，可以看到如图 6.2 所示的【选项】区域。

图 6.2　取消 "连接 iPad 时打开 iTunes" 选项

取消 "连接 iPad 时打开 iTunes" 选项，则以后不会自动开启 iTunes。

2. 取消自动同步

iTunes 内容显示界面中，选择【应用程序】选项卡。

取消 "自动同步应用程序"，则以后不会自动同步应用程序，如图 6.3 所示。

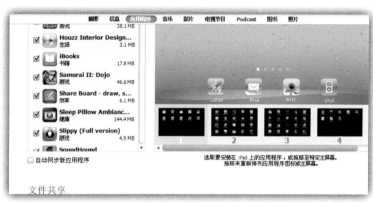

图 6.3　取消 "自动同步应用程序"

6.6　iPad 随机有一根数据连接线，我可以把 iPad 当做移动硬盘使用吗？

　　我们将 iPad 用数据线连接到个人电脑上以后，从"我的电脑"可以看到 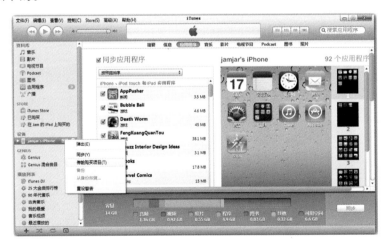 盘符，但是进去后会发现这个盘符是 iPad 照片文件夹，并且无法粘贴其他文件（可以对已有图片进行复制和删除操作）。

　　iPad 是一个封闭的系统，用户无法像使用其他移动掌中设备那样，通过数据线连接个人电脑，然后在我的电脑中实现数据复制和粘贴。

　　音乐、视频、应用程序、电子书等资料需要通过 iTunes 实现将个人电脑中的资料同步到 iPad 中。

　　当然，iPad 中已购买的项目也可以传递到个人电脑中，如图 6.4 所示。但是注意，只传输"购买项目"，iPad 中的 MP3 音乐、视频、电子书等是无法传递到个人电脑中的。

图 6.4　传输 iPad 已购买项目至个人电脑

　　真的没有办法吗？

　　不尽然。我们可以通过在电脑中安装一款名为 iPhone folders 的软件，这样，在个人电脑中 iPad 就可以像移动硬盘一般使用了。

（1）进入网址 http://iphonefolders.com/，下载 iPhone folders 的软件。

（2）安装 iPhone folders 后，用数据线将 iPad 连接至个人电脑，iPad 会被识别为一个移动硬盘，如图 6.5 所示。

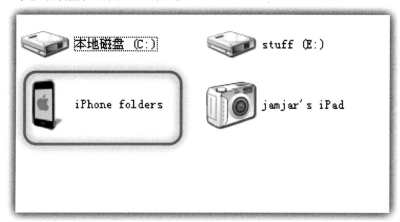

图 6.5　iPad 盘符

（3）双击进入 iPad folders 文件夹，如图 6.6 所示。

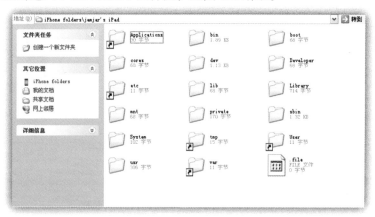

图 6.6　进入 iPad 盘符

Tips

　　iPad 中大部分文件都是系统文件，一旦删除，将会导致很严重的后果。因此，非常不建议您使用 iPhone folders 软件后，将 iPad 当做移动硬盘使用。iPad 是一款影音娱乐阅读超级终端，您还是不要把 iPad 当做移动硬盘。

6.7   什么叫账号授权？只能使用 5 台电脑是什么意思？

　　iPad 在使用时，需要用数据线连接到个人电脑，使用 iTunes 账号进行操作。在 iTunes Store 注册账号以后，用户必须使用该注册的账户向该个人电脑电脑授权，从而在 iTunes Store 中购买应用程序、音乐和视频，如图 6.7 所示。授权和取消授权的操作很简单：打开 iTunes，在商店菜单中选择"授权当前电脑"或"取消授权当前电脑"，然后在提示框中输入密码即可。

图 6.7   用注册的账户对本地个人电脑授权

1. 一个账号最多可以授权 5 台电脑

　　也就是说您可以在 5 台电脑中使用相同的账户登录 iTunes，并进行应用程序下载、上传、同步操作。换句话说，当您已经对 5 台电脑设置完限额，如果您有第 6 台电脑需要使用自己的账户登录 iTunes，将无法如愿。您只能先在前 5 台已经授权的个人电脑中取消某台电脑的授权。

　　因此，一旦某台电脑不再使用，请注意如图 6.7 所示为该电脑取消授权。同时，当某台电脑需要重装系统前，请先为该电脑取消授权。

2. iPad 可以使用 5 个不同的账号来登录

　　您的 iPad 可以使用 5 个不同的账号来登录，下载对应的应用程序。因此，您就可以在一个 iPad 中通过不同的账号，下载不同国家 iTunes Store 的应用程序，并使用它们。同时，您也可以和其他朋友一起共用同一个账号，从而分摊每个应用程序的花费！

3. 一个账号可以使用在各种苹果产品中，不受数量和品种限制。

如果您同时拥有 iPod、iPhone、iPad，或者每种设备有好几个相同版本或不同版本，没有关系，您可以使用同一个账号登录设备，并在每个设备上使用已经购买的应用程序或音乐、视频。

4. 每个 iPad 最多可以安装来自 5 个 iTunes 账号的应用程序

如果您的 iPad 想使用第 6 个账号，那么必须保证在 iPad 中先删除前 5 个账号中某个账号名下的所有应用程序。这样，iPad 依然保持总账户数为 5。

6.8 iPad 上面的软件只能用正版吗？

按照苹果公司的规范，所有的苹果设备使用的应用程序都需要通过 iTunes Store 来购买。iTunes Store 中的应用程序应该来说绝大部分是正版的。

用户通过个人电脑，在 iTunes 中购买的应用程序保存的地址可以通过如图 6.8 所示的方法查看。

图 6.8 查看应用程序保存地址

图 6.8 中显示的文件夹位置并不是默认地址，您的保存地址与之不同。

iTunes Media 文件夹位置即是个人电脑中保存 iTunes 下载文件的地方，而应用程序则保存在下层的"Mobile Application"文件夹中，如图 6.9 所示。

图 6.9　应用程序保存位置

可以看到，应用程序 App 实际上是一个个 IPA 文件。由于所有 AppStore 的软件下载记录与用户账户挂钩，自己下载的 IPA 文件是无法直接交给别人使用或是在网络上分享的。

目前，很多人将自己的 iPhone/iPod Touch/iPad 越狱，进而安装破解后的应用程序的 IPA 文件。这样的行为侵犯了开发者的合法权益，安装的文件就不是正版的了。

6.9　我如何在 iPad 中删除文件？

在 iPad 中能直接删除应用程序 App，该应用程序相关的资料都会被删除掉。视频和音频文件都无法在 iPad 中删除。

如果希望删掉某个应用程序 App，您在 iPad 主界面上选择某个程序图标（删除"迅雷看看 HD"应用程序 App），并按住该图标直至其晃动，如图 6.10 所示。

点击图标的左上角，iPad 弹出对话框，确认删除该应用程序，如图 6.11 所示。

图 6.10 删除"迅雷看看 HD"应用程序 App

图 6.11 删除确认对话框

点击"删除"按钮，则，该应用程序就从 iPad 中消失。

在 iPad 上无法删除音乐和视频文件。

6.10 我如何在 iTunes 中删除应用程序？

实际上，管理 iPad 中的应用程序 App，离不开 iTunes。

打开 iTunes，单击左侧资料库区域的"应用程序"选项，如图 6.12 所示，右侧出现了在个人电脑中下载的所有应用程序。

图 6.12 个人电脑中下载的应用程序

选择某个应用程序，并单击鼠标右键，在弹出的对话框中选择"删除"选项。弹出如图 6.13 所示的对话框。

图 6.13 是否将文件移入"回收站"

- 选择"移到回收站"，本应用程序将在下次清空回收站时，从个人电脑中彻底删除。

- 选择"保留文件"，本应用程序依然保存在个人电脑中，只是不在 iTunes 中显示，也不会在下次同步时同步到 iPad 中。

> Tips
>
> 如果要彻底删除某个应用程序，请在 iPad 中和在 iTunes 中均将其彻底删除。

6.11　我如何在 iPad 中删除音乐文件？

iTunes 是一个非常理想的个人电脑音乐文件管理软件。用户可以将自己所有的音乐文件都添加在 iTunes 中进行分类编辑。

具体方法：在个人电脑中，将音乐文件夹拖到如图 6.14 所示区域。

图 6.14　将音乐文件夹添加至 iTunes

只有 iTunes 管理的音乐文件，才能同步到 iPad 中。因此，只要在 iTunes 资料库删除音乐资料，该资料就不会被同步到 iPad。

具体方法：如图 6.15 所示，选择 iTunes 中某个专辑或文件，单击键盘【Delete】键，确定删除所选歌曲。

图 6.15　删除 iTunes 资料库中的音乐资料

Tips
　　在 iTunes 资料库中被删除的音乐文件并没有在个人电脑中被删除，只是不显示在 iTunes 中。

　　只要在 iTunes 资料库中被删除的音乐文件，在下次 iPad 同步时，就从 iPad 中不会出现了。

　　如果不希望改变资料库中的音乐资料实际上，在同步 iPad 前，也可以在 iTunes 的设备选项中进行具体的修改，如图 6.16 所示。

Tips
　　只有在 iTunes 资料库中能够管理的音乐文件，才会出现在如图 6.16 所示界面中。

　　选择"选定的播放列表、表演者、专辑和风格"后，即可按照【播放列表】、【表演者】、【风格】或者【专辑】来选择要传输至 iPad 中的音乐文件。没有选择的文件即在下次同步时，从 iPad 中删除。

图 6.16 选择同步的音乐信息

6.12 我购买过的 App，删除后重新下载要重复扣费吗？

iPad 下载了不少应用程序 App 后，您会发现自己的 iPad 硬盘空间实在是不够用，难免会删掉一些 App。已经购买过的应用程序 App，再次下载是不会重复扣费的。

您只要知道这些 App 在哪里，就能找到它们。

1. 在 iPad 中删除的 App，如何恢复？

您在 iPad 中删除的 App，在个人电脑中依然保存，只要在如图 6.17 所示 iTunes 中选择该应用程序 App，再次同步，则该应用程序 App 会再次出现在 iPad 中。

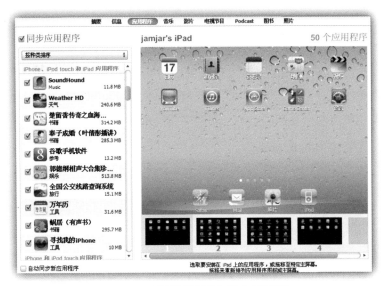

图 6.17　选择需要同步的应用程序

2. 在 iTunes 中删除的 App，如何恢复

在 iTunes 中彻底删除的 App，在个人电脑中的备份也会同时被删除，只有再次进入 App Store 下载该应用程序才行。

当再次下载时，iTunesStore 会提示是否"购买"，**因为所有 Appstore 的软件下载记录与用户账户挂钩**，只要是在该账户中已经购买或下载过的软件，都会有纪录，当再次下载出现"购买"提示框时，点击"购买"，然后 iTunes 就会继续提示"你已经购买过这个 App，可以免费下载"，之后该 App 就会被添加到 iTunes 的下载列表之中了。

6.13　已经购买的应用程序会不会在使用中反复扣费？

有一部分已经购买的应用程序，在使用过程中内部是需要再付费的。这种模式叫做 IAP。

IAP（In-App Purchase，软件内付费内容）。包含 IAP 的应用程序具有如下特点。

• IAP 使得用户无需离开软件，便可无缝升级软件功能或扩充内容。

- IAP 的出现形式多种多样，比如：打开某功能（如 Push），下载新游戏地图，解锁软件中的新内容等。
- IAP 购买符合 AppStore 基本付费策略，玩家一次付款后，可以无限制多次下载 IAP 内容，不会重复扣费（点数 / 包月类物品除外）。
- 购买 IAP 内容所使用的账户必须和下载软件本体的账户一致。

IAP 应用程序如图 6.18 所示。

图 6.18　游戏中的 IAP 收费

6.14　如何防止软件内部反复扣费

现在很多游戏和应用程序都使用了 IAP，有些 IAP 说明不够明确，一些不太熟悉的用户或小朋友经常会误操作，导致非意愿地购买 IAP。

我们可以在 iPad 设置中关闭 IAP 功能，当需要时再开启。

（1）iPad 的主屏幕 点击"设置" 。

（2）点击"通用"，然后轻按"访问限制"，如图 6.19 所示。

图 6.19　访问限制

（3）点击"启用访问限制"，输入四位数字密码，防止他人恶意修改，如图
6.20 所示。

图 6.20　输入访问限制的密码

（4）启动密码保护后，向下滚动屏幕，找到"允许的内容"区域，关闭"应用程序内购买"选项，如图 6.21 所示。

图 6.21　不允许应用程序内购买

（5）从此应用程序内的 IAP 均会被锁定，当尝试购买时，会出现如图 6.22 提示。

图 6.22　IAP 无法购买

Tips

"访问限制"功能非常强大，如果有其他人或者小孩子经常玩你的 iPad 的话，可以考虑启动"访问限制"，将不希望别人使用的功能锁住，以防不愉快的事情发生。

6.15　如何在 App Store 为不满意的程序退款

ITunes Store 中需要用户绑定自己的信用卡，从而能够非常方便地付费购买音乐、视频、应用程序等资源。但是，正是由于购买过于方便，由于误操作或是其他原因，有时会购买了不适合自己的应用程序，或者是购买了 iPad 不需要的软件，甚至是由于轻信了开发者对于某款应用程序的夸张描述而购买了不具备其所宣传的功能的软件，这样的情况非常多。

如果是在现实社会中，消费者的第一反应就是退货。把钱找苹果公司退还回来也是可能办到的，可行方法步骤如下。

（1）打开 iTunes 切换到 iTunes Store 界面并登入自己的 iTunes 账号，这样可以在 iTunes Store 的右上角看到自己的账号。

（2）点击 iTunes Store 右上角自己账号名称右边的小箭头，选择里面的账号（Account）菜单打开自己账号的基本信息页，期间可能会要求输入账号的密码或者账号。

（3）点击账户信息（Apple Account Information）页面里面的购买历史（Purchase History）按钮。

（4）在购买历史（Purchase History）页面会列出该账号曾经在 iTunes Store 购买过的所有订单，在其中找到含有你需要"退款"产品的订单打开，通常一个订单会包含当天购买和下载的所有应用或游戏包括免费的在内。

（5）打开相应的订单细节页面之后会列出该订单所包含的当天购买的所有软件或游戏，在订单最后可以找到报告问题（Report a Problem）按钮，并点击该按钮。

（6）点击报告问题（Report a Problem）按钮之后会在订单列表的每一个条目后面多出一栏报告问题（Report a Problem）的链接，点击你需要退款的那个条目即可进入提交页面。

（7）在报告问题（Report a Problem）的表单提交页面给出了几种选择，分别是：我不接受这个应用（I didn't receive this application）；我不小心购买了这个应用（I inadvertently purchased this application）；这个应用没有预期的功能（This Application does not function as expected）；这个应用不兼容我的设备（This application is not compatible with my device）；其他购买或下载问题（I have another purchase or download-related question）。选择相应的选项之后，在后面的备注（Comments）栏目里面附上一些诚恳一点的留言然后提交（Submit）即可。

（8）在提交前面的问题报告（Report a Problem）表单之后，马上会收到系统回复的问题受理邮件，然后会在 36 个工作小时内收到苹果 公司 iTunes Store 某个客服经理的邮件回复，顺利的话他会直接在邮件里面告诉你什么时候可以返还你的退款，如果有任何问题你都可以直接回复这位客服经理的邮件，至此退款结束。

其实上面的步骤写的过于繁琐，操作起来是非常的简单的。还有就是在退款成功之后客服经理会在邮件里面明确的告诉你"退款"属于特例情况（Please note that this is a one-time exception.）是否可以多次退款我就不得而知了，希望大家也不要抱着贪小便宜或侥幸心理来利用这点来购买高价的 iPhone、iPad 应用然后再申请退款

6.16　什么是 Audible 账号授权

在 iTunes 中会发现在【高级】菜单下，有一个"Audible 账号的授权 / 取消授权"选项。什么是 Audible 账号？它有什么功能呢？

Audible 是全球知名的大型正版有声读物出版与发行网站，目前隶属 Amazon 旗下，几乎垄断了整个电子书数字分发市场。绝大部分欧美的流行 / 经典小说都有其 Audible 有声读物版本。全部有声读物都是专业录音棚录制，由专业的配音人员进行朗读，声音品质当然也很有保证。不过，和国内的直接下载的有声书不同，

Audible 的官方原版音频文件都是经过数字加密（DRM）进行销售下载的，与用户的 Audible 账号挂钩，即便是导入了 iTunes 音乐库，也无法进行播放。

iTunes 支持了 Audible 账号的授权导入功能，也就是大家所看到的高级菜单下的相关选项。通过输入自己的 Audible.com 账户和密码，用户便可以将自己的个人电脑加入到授权当中，相应与这些账户挂钩的正版有声读物文件也就可以在本地以及 iPod 上播放了。原理和 iTunes 的账户操作是一样的。

Audible 账户在 iTunes 中的授权步骤如下。

（1）启动 iTunes 程序。

（2）选中 Books 或 Audiobooks 栏目下的一本已经导入的 Audible 有声书，并点击播放。

- 如果可以播放，则表明 Audible 账号已经授权。

- 如果播放失败，则会弹出提示框，要求你输入 Audible 账号和密码，键入后点击 OK 即可。

（3）授权成功后，所有该账户下的 Audible 有声书，就可以在本地播放了，传输到 iPod 上播放亦可。

如果你有多个 Audible 账号，则需要将多个账户逐个授权。

Tips

不过对于国内用户来说，这个选项可能用到的机会并不大，需要使用美国 iTunes 账号。

6.17　为什么莫名其妙地扣我 1 美元？

iTunes 需要绑定信用卡，注册的时候就会被莫民奇妙地被扣 1 美元。而且，使用信用卡购买应用程序后，奇怪的现象开始出现了，有时明明下载了免费软件，为什么银行会提示我的信用卡被扣费 1 美元呢？于是很多用户开始抱怨 iTunes 和开发者在作弊。

其实了解苹果公司的玩家都知道，iTunes 是一个十分尊重版权和用户体验的平台，每年销售额数以亿计，绝对不会玩猫腻欺骗顾客。再者，开发者在 App Store 上发行应用程序，是严格受到 Apple 的控制，除了单独的 iTunes Connect

操作界面外，没有任何权利干涉 App 的实际运营情况。

这个 1 美元是去了哪里？

其实这一美元一直在你的卡里，分文未动。

这笔钱的实际用途，是 iTunes 商店用来验证信用卡有效性的，这笔钱仅仅是预授权，成功后会立刻取消，返还到你的账户，银行的短信提示往往不会考虑这些，直接告诉你被扣费 1 美元。其实无论你查看任何账单，都不会找到这 1 美元的。

这条验证最早仅仅是在注册账户之初才会出现，不过随着黑卡和前不久开发者盗用账户刷排名事件出现后，iTunes Store 加强了验证机制：**用户只要更换电脑使用同一账户或同一信用卡，则会被立刻要求重新验证信用卡信息**（一般是要求再次填写安全码）。每次验证过后，都会被记为重新绑定，故 iTunes 的信用卡验证机制会被再次激活。

另外一些说明。

1.App 定价都是 0.99 结尾的，中国区不涉及消费税问题，整数 1 美金的消费是不可能出现的。

2. 以前只有注册时出现，现在检查机制更严格，会有多次验证，这种做法其实是保护了客户账号的安全，也保护了开发者的利益。

3. 这 1 美金只是预授权，然后验证有效后，直接取消授权，所以，只会有短信提示，根本都不会出现在你的信用卡账单里。

6.18 iTunes、iTunes Store、App、App Store 有什么区别，分别在哪里？

刚使用苹果产品，会对这几个名词搞得头大。其实很好区分。

1. iTunes

首先，我们介绍过 iTunes，iTunes 是供 Mac 和 PC 使用的一款苹果公司提供的官方免费应用程序，能管理和播放你的数字音乐和视频，让全部媒体文件保持同步。它还是你电脑、iPod touch、iPhone 和 iPad 上的虚拟商店，随时随地满足一切娱乐所需。

所以，iTunes 是一款桌面软件。

2. iTunes Store

苹果公司的产品，如 iPhone、iPod、iPad 使用的软件都只能在 iTunes 中购买下载，不仅仅是软件，还包括视频、音乐、播客、电子书等。因此，苹果公司在桌面软件 iTunes 中内置了一个在线商店，这个商店就命名为 iTunes Store。

图 6.23　iTunes Store 界面

iTunes Store 与 App Store 的区别在于，App Store 只是 iTunes Store 中的一部分，或者说是这个商店中负责销售 App 软件的分店。iTunes Store 和 App Store 的位置如图 6.23 所示。

3. App

App 就是 iPad 中安装的应用程序。

iPad 即苹果平板电脑，如同我们的 Windows 电脑一样，需要靠安装不同的软件来实现各种各样的作用。在 iPad 中，各种各样的软件被称作应用程序，即 App。

　　App Store 是销售这些应用程序的地方，也是唯一合法商店，我们可以在桌面软件 iTunes 中打开 App Store，或者在 iPad 主界面中点击 图标进入。

4. App Store

　　在 iPad 主界面，有 iTunes 图标 ，和 App Store 图标 。其中， 相当于 App 应用程序商店，而 提供的仅仅是播客和 iTunes U（学习资源）， 不包含应用程序下载。

6.19　都说 iTunes 可以购买正版音乐，为什么我无法买到最新的专辑？

　　首先，我们要解释一下：iTunes Store 因为用户的不同地域的账户而显示不同的界面，提供不同的服务。

　　iTunes Store 美国中提供正版音乐、电影、电视节目、有声读物供用户购买，如图 6.24 所示。

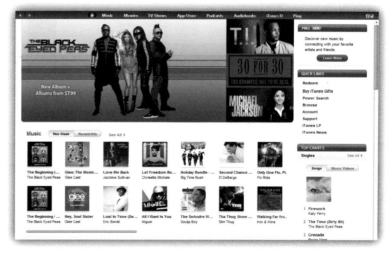

图 6.24　iTunes Store 美国的界面

而作为中国用户，我们暂时无法在 iTunes 中购买到正版音乐。因为 iTunes Store 中国并没有提供音乐销售服务，iTunes 中国的界面如图 6.25 所示。

图 6.25　iTunes Store 中国的界面

用户可以通过选择单击"iTunes Store"，进入程序购买和下载界面，在内容显示界面的最下端，单击【更改国家或地区】，如图 6.26 所示，选择进入不同国家或地区的 iTunes Store。

图 6.26　更改国家或地区

如果用户需要购买其他国家或地区的商品，必须先拥有该国家或地区的账号。免费商品可以用对应账号直接下载。付费商品则需要具备该国家的信用卡（中国区信用卡无法购买其他国家或地区 iTunes Store 中的商品）。

6.20　我的 iPad 版本是最新的吗？

目前市面上购买的 iPad，默认版本是 3.2.2。我们称其为固件 3.2.2 版本。所谓固件，您可以理解为操作系统。而截止 2011 年 1 月，iPad 最新固件是 iOS 4.2，同时 iPad 的操作发生了重要的变化，有些按钮的作用已经改变，使用方法也更加多样化。

怎样识别我的 iPad 固件版本呢？

（1）iPad 的主屏幕 点击"设置"。

（2）点击"通用"→"关于本机"，可以看到"版本"栏，如图 6.27 所示。

图 6.27　查看 iPad 固件版本

- 如果版本号是 3.2.2，则表示您的 iPad 版本不支持多任务，不支持文件夹。

- 如果版本是 4.2.1 或更高，则表示您的 iPad 已经升级。

从 iOS 3.2.2 升级到 iOS 4.2 的方法如下。

（1）将 iPad 用数据线连接上个人电脑，并打开 iTunes。

（2）选择 iPad 设备，在右侧摘要界面，单击【检查更新】按钮，如图 6.28

所示。

图 6.28　检查 iPad 是否需要更新固件

（3）iTunes 将联系 iPad 软件更新服务器，您按照提示确认即可完成更新。

6.21　系统死机后，如何重启

只要按住电源键和 Home 键持续几秒钟，iPad 将重新启动。要强制退出应用程序，只需按住 Home 键。

6.22　如何 iPad 屏幕截图

按下电源键和 Home 键半秒钟，屏幕内容将以 png 格式图片储存在照片库中。

6.23　快速地滚动到网页顶部

阅读至文章底部，想快速返回顶部，只需点选标题栏一次就行。

6.24　为什么我的 iPad 不能正常关机

可以长按"Home 键"和"电源键"直到 iPad 重启。

6.25　应用程序卡住了怎么办

万一某个应用没有反应，按什么按钮都不能退出，这时可以尝试按住"休眠"键，直到屏幕出现"移动滑块来关机"信息，然后不管这信息，放开"休眠"键，换为按住"Home"键，5 秒后，应用程序退出，并回到主页面。

本书内容参考：ww.iapps.im/archives/category/cate-tutorials。

iPad 完美越狱 Part 4

07 越狱

欢迎您进入本章节，从本章节开始，您就要从一个小白，化蝶为一个准苹果达人了。不过在此之前，我希望您能够先思考一下自己的实际需求。如果您并不是一个爱折腾的人，iPad 只用来上上网、看看书、听听歌、玩玩游戏，那么我建议您不要越狱了！越狱有风险，小白请慎重！

　　如果您想释放您的 iPad，享受到更大的乐趣，那么就跟着我一起进入刺激的越狱过程吧。

　　在高手面前，越狱的过程跟吃米饭似的，轻而易举。可是在小白面前，好深奥的样子。那么我们先来解决您眼前的几个重要问题。

　　Q：为什么我跟拥有 iPad 的朋友们聊天，他们总是说什么越狱啊、破解、激活、IPA？

　　A：当您看完了前面的章节，恭喜您，您已经能够使用到 iPad 的全部功能。

　　无论是在论坛中，还是在身边，您的朋友们可能会提到一些关于破解、越狱、激活方面的话题。因为部分操作已经脱离了苹果公司的授权范围，是非常自定义的行为，也是让小白们产生敬畏的环节。

　　Q：什么是激活？

　　A：激活（Activation）在第一章已经讲解过，是指通过 iTunes 激活 iPad 的各项功能。

　　Q：什么是解锁？

　　A：iPad Wi-Fi + 3G 、iPhone 在出厂的时候会被加上网络锁，这样当用户购买之后，只有使用特定的移动运营商的 SIM 卡，并购买其流量，才能使用 iPad Wi-Fi + 3G 、iPhone 的网络服务。其原因在于苹果公司和这些移动运营商签订了合作协议。

　　解锁的意思是解开 iPad Wi-Fi + 3G 、iPhone 的网络锁，这样 iPad Wi-Fi + 3G 、iPhone 就可以使用任何运营商的移动服务。

　　Ps：中国苹果旗舰店、苏宁电器、联通公司出售的中国版 iPad Wi-Fi + 3G 、iPhone 4 都不需要解锁，您可以直接使用其他运营商提供的 SIM 卡。

Q：什么是破解？

A：首先，破解软件是一种违法行为。破解软件严重地侵犯了软件原作者的软件著作权。

iPad 软件开发者将软件开发出来后会发布到 App Store 或 Cydia 等渠道中。

而很多越狱后的 iPad 通过第三方软件管理程序（Cydia、In stallous 4 等）直接安装通过软件破解而去除了购买信息的软件。这样 iPad 就无法分清该款软件是什么人花了多少钱在何时购买的。iPad 软件开发者没有得到任何应有的报酬。

App Store 中出售的收费软件价格其实只要几美元，可以同时授权给 5 台 iPad 使用，因此平均下来每款软件只要几块钱人民币。请大家学会组团购买合法软件，尊重开发者的劳动。

Q：破解软件有什么危害？

使用破解软件（即盗版）带来的后果是，无法更新。即您可能在 iPad 中看到软件图标上显示有更新，但是由于是盗版软件，您无法在线更新。当然，您可以采取寻找更新版本的同款更新后的破解软件，再次重新安装。但是这样，您的存档记录将会丢失。

Q：什么是越狱？

我们已经介绍过，iPad 的操作系统是 iOS。与我们熟悉的 Windows 操作系统不一样，iOS 的文件目录权限没有向用户公开，我们无法访问系统目录、查看和操作程序文件，无法修改文件属性，无法对文件进行操作。

直观一点，我们无法使用系统插件，因此看不了网页上的 Flash 文件；我们也无法添加输入法，自定义图标等；最让人头疼的是我们只能安装 App Store 中通过了苹果公司审查的软件。

越狱的作用是开放用户的操作权限，让用户可以直接访问根目录和所有目录，修改文件权限，修改文件属性，修改文件内容，直接对文件夹操作等。一旦越狱，用户可以使用自己的方法安装任何 iPad 软件。

Q：越狱后自己安装软件是什么意思？

越狱后可以使用第三方软件管理程序（Cydia、Installous4 等）直接安装软件，而不仅仅只是靠 App Store 中购买。

越狱不等于装盗版。因为在美国，越狱并不违法，现在 Cydia 也是 iPad 软件发布的一个重要渠道。

Q：网上下载的 IPA 可不可以直接用 iTunes 安装？

A：iPad 在越狱前不行。除了 iTunes App Store 中用 iTunes 账号购买的软件以外，所有的软件都称为第三方软件，包括盗版软件。这些软件只能通过第三方软件的支持才能安装到 iPad 里，也就是需要越狱了。

越狱后，可以用 iTunes 将无购买信息的 IPA 同步到 iPad 中

7.1 越狱前的准备

7.1.1 关于 ECID SHSH

可爱却又邪恶的乔帮主，一边不断更新着固件版本（相当于操作系统），为我们创造福利，一边使绊儿。一旦在 iTunes 中弹窗出现升级信息，而您又手贱点击升级了，那么苹果公司就不让您再恢复到之前的固件了。

什么意思？这么说吧。您以前用 Windows XP，很来劲。然后，您被忽悠装上了 Windows Vista。很快，您后悔了，于是您可以选择升级成 Windows 7，也可以选择回到 Windows XP。多么自由啊！在苹果公司的政策下，iPad 是不允许您回到以前版本的。

> **Tips**
>
> 备份 ECID SHSH 的目的是可以回到以前的版本。

关于 ECID SHSH（没兴趣了解的同学可以直接跳过）

ECID（Exclusive Chip ID）是苹果公司最新加入于 iPad、iPhone 3GS、iPhone 4、iPod touch 的设计，这个设计的功能之一就是防止用户任意改变固件版本。

每次使用 iTunes 想要升级、恢复、更新固件版本时，iTunes 都会与苹果公司的服务器联系，然后苹果公司的服务器端会检查您想要执行的固件版本并且发送一个证件给您，让您可以顺利的升级、恢复、更改固件。所发出的认证为 ECID SHSH。

举例来说明。

时间 1：您使用的是可以越狱的固件版本 A1。您的 iPad 在 A1 的基础上越狱成功，但某天出现了故障。或者您没有越狱，某天 iPad 出现了故障。于是，您想恢复到没有故障的 A1 固件。

时间 2：但是就在这段时间中，苹果公司发布修补了 A1 漏洞的固件 A2，这个 A2 提供新的功能，但暂时无法成功越狱。

时间 3：当 A2 固件发布后，苹果公司会停止对于 A1 固件的认证。您想要使用手动降级恢复 A1 固件时，苹果公司的服务器检查到您的 iPad 版本过低，于是发送给 iTunes 一个错误的认证 SHSH。iTunes 便拒绝使用 A1 固件，并且强制您升级到 A2 固件。

时间 4：如果您事先保存了 SHSH，此时可以让 iTunes 连接到一个假的"苹果公司服务器"，并且利用先前版本留下的 ECID SHSH 给予认证，如此一来 iTunes 就会以为那是从"苹果公司服务器"传来的认证，同意您恢复旧版固件。

于是，一旦玩家不小新升级到无法越狱的版本，也可以透过 ECID SHSH 搭配一些步骤进行降级。

7.1.2　开始备份 SHSH

1. 软件准备

- iTunes 10。
- 小雨伞 TinyUmbrella，目前版本 4.21.05 支持 4.1/4.2b3/4.2.1 的 SHSH 备份；版本 4.30.05 支持 4.3.1 的 SHSH 备份。
- Java（TM）程序。

确认以上软件正确安装。

2. 确保版本

查看自己的 iPad 版本号

在 iPad 主界面中点击【设置】图标，进入【设置】界面后，选择 通用，向下滑动右侧显示区，即可看到本 iPad 的固件版本。

Tips

美版或者欧版的 iPad 固件一般是 3.2.1，而中国内地发行的 iPad 版本一般是 3.2.2 和 4.2.1。截止 2010-12-2，已经无法保存版本为 3.2.2 的 SHSH。

本节将以 iPad 版本 4.2.1 为例进行介绍。

如果您的 iPad 版本是 4.2.1，那么恭喜您，您可以直接进入第 3 步"备份 SHSH"操作。

如果您的 iPad 版本是 3.3.2，那么必须将 iPad 升级至最新，再备份 SHSH。

Tips

因为苹果公司对固件更新非常频繁，很有可能 4.2.1 固件无法成功备份 SHSH，此时，您需要先将 iPad 升级至最新，然后按照本节方法备份最新版本的 SHSH。您保存下来的版本可能不是 4.2.1，但是方法都是一样的。因为如果您希望玩转 iPad，第一件事就是备份 SHSH。

升级方法如下。

（1）将 iPad 用数据线连接至个人电脑，并打开 iTunes。

（2）选择 iTunes 左侧 iPad 设备选项，在如图 7.1 所示中，单击"更新"按钮。

图 7.1　更新固体

（3）一步一步按照 iTunes 提示操作，将 iPad 更新至最新版本。

3. 备份 SHSH

（1）将 iPad 用数据线链接电脑。双击运行 TinyUmbrella 4.21.05 程序。此前，请确认您是以管理员的权限登录本电脑的，然后关闭电脑中的防火墙、杀毒软件。

（2）左上方出现了设备名称。"Recent devices" 显示的是您曾经连接或备份的设备。如图 7.2 所示，设置好各选项。单击 "Save SHSH" 按钮。

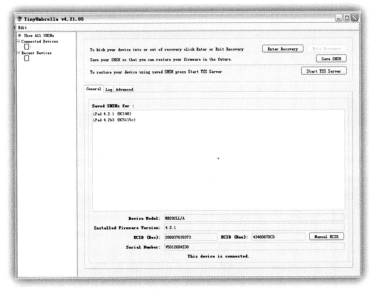

图 7.2　单击 "Save SHSH" 按钮

（3）这时程序会备份您所有可用版本的 SHSH，当设备前的进度条不再闪动后，在中间的空白处出现了您设备名称和版本，至此备份成功，如图 7.3 所示。

图 7.3　备份成功

（4）备份成功后，单击 "Advance" 选项卡，可以看到 SHSH 备份的文件夹 .shsh 位个人电脑的位置（例如，示例中 SHSH 备份保存在 C：\Documents and Settings\jamjar\.shsh），如图 7.4 所示。

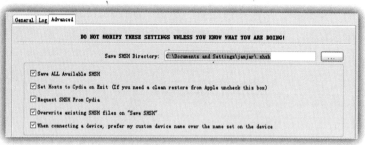

图 7.4　备份在个人电脑中的保存地址

（5）由于操作系统的不同，每个用户所设置的备份 SHSH 的保存路径也有所不同，建议您把 **".shsh" 文件夹（即 ECID SHSH 备份文件）**复制到您指定的盘符中，如图 7.5 所示。建议保存在非系统盘中备用，以防止电脑操作系统重装而丢失 SHSH。

图 7.5　将备份复制到其他盘符

Tips

Umbrella 的另一个功能——让 iPad 从恢复模式中退出。

如果不小心，iPad 进入了恢复模式（屏幕出现一根数据线、一个音乐光盘图案，无法进入 iPad 主界面），强制重启也不能解决。

此时，可以将 iPad 用数据线与电脑连接，并运行 Umbrella，然后点击如图 7.2 所示中的 "Exit Recovery" 按钮，耐心等待几分钟，iPad 就会重启进入系统了。

Tips

如果你的 iPad 固体版本 4.2.1 已经无法备份 SHSH 文件，那么您也不用过于担心，因为这并不影响本章后面的越狱操作。如果你的 iPad 固体版本是 4.3.1，请使用 Tiny Umbrella 备份 SHSH。

7.2　开始越狱

7.2.1　软件准备

- iTunes 10.1.1.4 及以上版本。
- 越狱程序绿毒 greenpois0n。
- 越狱程序红雪 RedSnOw。

> **Tips**
> 请在越狱前，在电脑中安装好以上软件，并保证 iPad 电力充足。

7.2.2　使用 greenpois0n 越狱 iPad 4.2.1

如果您的 iPad 固体版本是 4.2.1。

（1）关闭电脑中的防火墙和杀毒软件。在电脑中打开 iTunes 10，并在整个过程中保持开启，无视 iTunes 中的任何弹窗提示。

（2）在个人电脑中运行 greenpois0n.exe，其界面如图 7.6 所示。

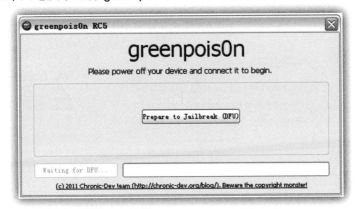

图 7.6　运行 greengreenpois0n.exe

（3）将 iPad 用数据线与电脑连接。然后长按 iPad 电源按钮，出现提示后滑动屏幕，将其关机。

（4）单击 greenpois0n 程序正中间的"Prepare to Jailbreak（DFU）"按钮，出现如图 7.7 所示的提示。

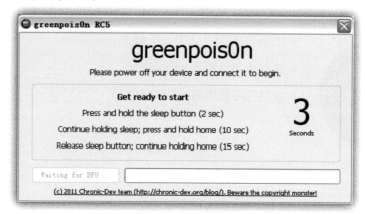

图 7.7　时间准备

Tips

有 3 秒时间给您做好准备工作，这时，您的左手放在 iPad 关机按钮位置，右手放在 ● Home 按钮位置，准备待命。

（5）左手保持按住电源按钮 2 秒，提示界面如图 7.8 所示。

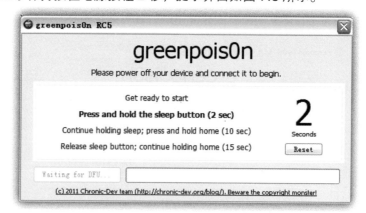

图 7.8　左手保持按住电源按钮 2 秒

（6）左手保持按住电源按钮不要松开，右手同时按下 ● Home 按钮，保持此状态 10 秒，如图 7.9 所示。

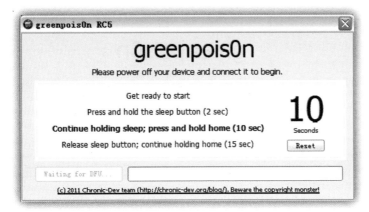

图 7.9 右手同时按下 Home 按钮 10 秒

（7）左手电源按钮松开，右手保持按住● Home 按钮，保持 15 秒，如图 7.10 所示。

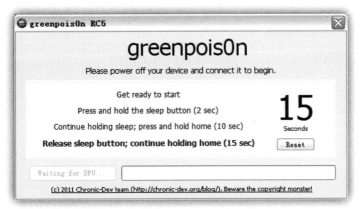

图 7.10 右手保持按住 Home 按钮 15 秒

Tips

　　如果您来不及反应，时间就已经过了，可以随时按时间下面的"Reset"按钮重新开始读时间。

• 如果以上步骤操作正确，那么程序将进入如图 7.11 所示状态。

• 如果程序未进如图 7.11 所示状态，那么前面的操作不成功，请重新操作一遍。

图 7.11　越狱前状态

（8）按下"Jailbreak！"按钮，程序将自动进行越狱操作，进度条会滚动，如图 7.12 所示。

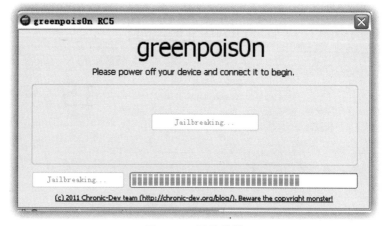

图 7.12　开始越狱

数秒后，您的 iPad 的黑屏幕背景上会有数行白色的英文文字滚动，请耐心等待其运行结束，直到 iPad 自动重启，出现白色的苹果图标。

（9）拔掉 iPad 与个人电脑相连接的数据线（防止 iTunes 出来捣乱）。

iPad 启动完成后，iPad 主屏幕上会多出一个绿色的 Loader 程序的图标，如图 7.13 所示。

图 7.13 绿色的 Loader 程序的图标

如果您的 iPad 重启后，主屏幕上没有 Loader ⓒ，说明越狱不成功，请重复以上所有步骤。如果仍然不成功，建议您换一台电脑、将 iPad 重新刷机后再重复以上步骤。

相信您一定会成功的！

7.2.3　使用 RedSn0w 越狱 iPad 4.3.1

如果您的 iPad 固件版本高于 4.2.1，则您需要将 iPad 系统升级至 4.3.1 后再越狱，具体方法可以参考 7.3.3 节。

（1）关闭电脑中的防火墙和杀毒软件。将 iPad 用数据线连接至电脑，并在整个过程中无视 iTunes 的任何弹窗提示。

（2）在个人电脑中运行 RedSn0w 0.9.6rc12 越狱程序，如图 7.14 所示。

（3）单击【Browse】按钮，在弹出来的对话框中选择您的 iOS 4.3.1 固件所在目录。

```
redsn0w 0.9.6rc9                                    X

Welcome to redsn0w 0.9.6rc9!

Copyright 2007-2011 iPhone Dev-Team. All rights reserved. Not
for commercial use.

Please read ALL accompanying text documents that were contained
in redsn0w zip file. If you did not receive any accompanying
text files, please visit http://wikee.iphwn.org/redsn0w/license
to obtain the latest licensing information.

Please select the corresponding IPSW for your CURRENT firmware.




                      Browse
```

图 7.14　开启 RedSn0w 0.9.6rc12 越狱程序

如果您没有改变固件 4.3.1 的默认位置，则它在电脑地址如下。

【Windows 7】：C:\Users\xuzuozhou\AppData\Roaming\Apple Computer\ iTunes\iPod Software Updates\iPad1,1_4.3.1_8G4_Restore.ipsw

【Windows XP】：C:\Documents and Settings\Administrator\Application Data\Apple Computer\iTunes\iPad Software Updates\iPad1,1_4.3.1_8G4_ Restore.ipsw

（4）固件核实无误以后，点击 "Next" 继续。然后将会看到 RedSn0w 在准备越狱数据，等待进度条完成，如图 7.15 所示。

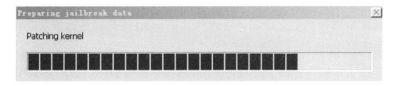

图 7.15　准备越狱数据

（5）选择安装 Cyida，在 "Install Cydia" 前面打勾，然后点击 "Next"，如图 7.16 所示。

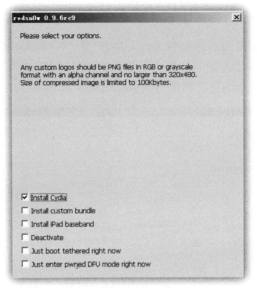

图 7.16　选择安装 Cyida

（6）按提示将 iPad 关机，同时保持与电脑连接的状态，随后单击【 Next 】按钮。

（7）让 iPad 进入 DFU 模式。

> **Tips**
>
> 　　DFU 模式进入方法：在开机状态下 (越狱软件会自动进入恢复模式，这也算开机状态) 按住 home 及 power 键心里默数 10 秒，然后松开 power 键，并且持续按住 home 键 (home 键从头到尾都没有松开过)，等越狱软件出了下一步的提示了，再松开 home 键，如果不成功，重试 ....，此过程务必不要打断。

（8）耐心等待，这个阶段不需要操作，屏幕出现一堆代码后会出现熟悉的"菠萝"图标，注意不要断开数据线的连接。

（9）iPad 上出现了 Cydia 图标，iPad 4.3.1 越狱完成！

7.2.4　准备安装 Cydia

iPad 主屏幕上出现了◎图标后，先不要着急点击，还需要做两件事情。

* 进入 iPad 的设置程序，依次点击"通用"→"自动锁定"→"永不"。这样能防止 iPad 进入自动待机状态（因 Loader 的安装会随 iPad 待机而停止）。

• 保证 iPad 有 Wi-Fi 网络连接。（Loader 的安装需要网络支持）。

满足以上两个条件后，点击绿色的 Loader 图标进入 Loader 程序，如图 7.17 所示。Loader 程序的作用只有一个，就是为越狱好的 iPad 安装一个越狱后的应用平台 Cydia 程序（类似苹果公司官方的 App Store）。

图 7.17　Loader 程序界面

点击图中 Cydia 图标，会出现安装对话框，如图 7.18 所示。

图 7.18　Cydia 安装对话框

点击 "Install Cydia" 按钮，将会启动 Cydia 的在线安装过程。视网络情况，可能需要几分钟。

安装完成后，iPad 会自动重启，iPad 主界面出现 Cydia 图标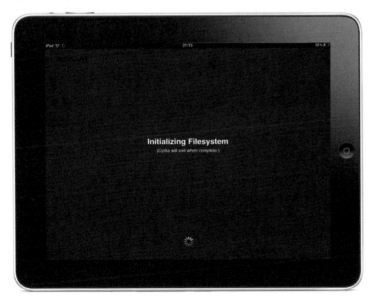。

恭喜您越狱成功！

7.2.5 安装补丁

越狱成功以后，您还需要什么呢？

就像安装完 Windows 操作系统一样，您需要安装一些系统补丁。

1. Cydia 初始化

首先，确认您的 iPad 已经连接上网络。点击 iPad 主屏幕上的 Cydia 图标，进入 Cydia 界面，如图 7:19 所示。

图 7.19　Cydia 自动初始化

第一次进入 Cydia 主界面，该程序会自动进行初始化操作。我们需要耐心地等待其完成。稍后，Cydia 主界面会出现一个对话框，提供三种用户权限供选择。

作为一般用户，我们选择"User"选项，单击对话框右上角的"Done"按钮即可，如图 7.20 所示。

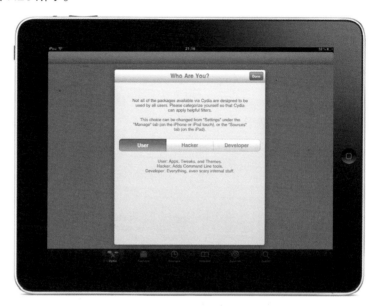

图 7.20　三种用户权限

初始化结束后，Cydia 程序将会再次进入到主界面，它将继续自动下载一些更新。Cydia 提供了三种更新模式：Essential（必要更新）、Complete（完整更新）、Ignor（忽略），建议大家选择 Complete 完整更新。

耐心等待 Cydia 更新完成，如图 7.21 所示，出现"Reboot Device"的按钮，按下后执行重启操作。

等 iPad 重启后，点击 iPad 主屏幕上的◎图标，再次进入 Cydia，它就可以正常使用了。

Tips

　　一定要让 Cydia 完全更新后再进行后面的操作！更新不完全将会导致以后安装应用程序时，出现"installation failed：Invalid IPA"的错误提示。

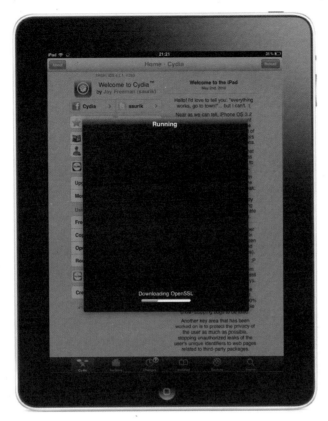

图 7.21　Cydia 自动更新

2. 关于 IPA 补丁

Q：什么是 IPA 呢？

A：在前面，我们曾经查看过自己个人电脑中保存应用程序 App 的文件夹（iTunes 菜单【编辑】→【偏好设置】→【高级】→【iTunes Media 文件夹位置】下的 "Mobile Applications"）。

在该文件夹中，我们可以看到从 App Store 中下载到本地的应用程序 App 实际上是一个个 IPA 格式的文件，IPA 补丁的作用是让您的 iPad 在越狱后能安装 IPA 应用程序。

进行完上面的操作后，依然无法放心地安装 IPA 应用程序，原因是您安装的 Cydia 很有可能没有更新完全，缺少应有的 IPA 补丁。

3. 检查 Cydia 更新是否包含 IPA 补丁

（1）Cydia 停止更新后，点击 Cydia 主界面下方的 Installed（已安装）图标 。

（2）在［Installed］界面中寻找是否存在 AppSync 4.0+ 插件。这个插件便是 IPA 补丁插件，直接关系到 IPA 应用程序的安装。

（3）如果没有看到 AppSync 4.0+ 插件或其他插件，请退出 Cydia，再次进入时 Cydia 会再次检查更新，如此反复执行，直到您看到这些插件。

（4）如果确实无法由更新得到该插件，如图 7.22 所示，则继续本章后续操作，添加完"**威锋源**"和"**Cydia.hackulo.us 源**"后，我们可以手动查找并安装这些补丁。

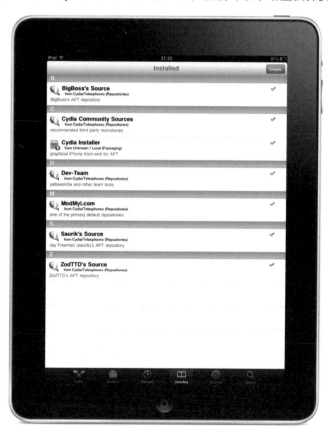

图 7.22　Cydia 中已安装的程序

4. 添加源

Q：源（Sources）是什么?

A：如果您使用过博客的 RSS 应该很好理解。在 RSS 阅读器只有添加了某个 RSS 的源，您才能收到这个源发布的消息。

Cydia 的源也可以类似理解，源是一些提供软件下载的网站，在 Cydia 加入了相应的源地址（网站的网页地址），就能够在 Cydia 中查到这个源（网站）发布的软件，进行下载并安装 。您也可以这样理解，添加源就是在您的 Cydia 中添加了一个下载网站。

（1）点击 iPad 主屏幕上的 Cydia 图标 ◎，进入 Cydia 界面。点击底端的【Sources】图标 ，如图 7.23 所示。

图 7.23　Cydia 源管理页面

（2）点击右上角的"Edit"按钮，左上角的按键会变成"Add"，点击它会出现如图 7.24 所示界面，在弹出的对话框中输入 app.weiphone.com/cydia，点击【Add Sources】。

图 7.24　源添加对话框

"http：//" 要保留，确保对话框中的内容为 http：//app.weiphone.com/cydia/ 既可。

（3）程序会自动开始搜索并添加相应插件，如图 7.25 所示。

图 7.25　搜索并添加插件

（4）点击如图 7.22 所示右上角的 "Done" 按钮完成添加源。按照上面的方法，继续添加 cydia.hackulo.us 源，如图 7.26 所示。

（5）安装完 cydia.hackulo.us 源以后，您可以看到【Sources】界面中有 Hackulo.us 和 WeiPhone- 威锋网两个源。

图 7.26　添加 cydia.hackulo.us 源

5. "源安装"安装 IPA 补丁

在 Cydia 中，
点击【Sources】
→ "Hackulo.us"
选项，可以看到
IPA 补丁 AppSync
for 4.0+，如图 7.27
所示。

图 7.27　安装 AppSync for 4.0+

（1）点击"AppSync for 4.0+"选项，进入后按右上角的"Install"按钮。

（2）点击右上角的"Confirm"按钮，确认安装，会开始下载安装包，如图 7.28 所示。

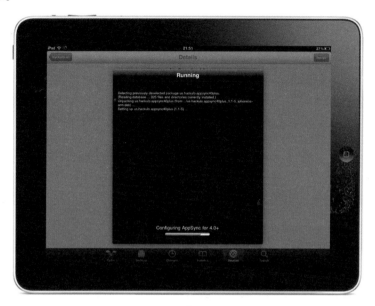

图 7.28　下载安装包

（3）点击"Return to Cydia"按钮，可以返回到 Cydia 界面。

Tips

　　用 Cydia 安装某些程序，到这一步会出现"Reboot Device"按钮，意思是需要重启 iPad。建议不要点击该按钮，而应该按下 iPad 的 Home 键，返回 iPad 主界面，按电源按钮重启 iPad。

同理，在"WeiPhone- 威锋网"源中安装软件步骤类似。

威锋源中的资源非常丰富，包含程序、游戏、汉化包、铃声等。

Tips

　　安装补丁要注意，每个补丁功能不一样，不是所有补丁都要装，请多看论坛，有需要时才装，不要乱装一通。

至此，越狱工作圆满结束！

您可以将个人电脑从论坛中下载的 *.ipa 文件拖到 iTunes 中，同步安装各种软件！

7.3 恢复固件

越狱有风险，一不小心，您的 iPad 就会悲剧地变成白苹果。

什么是白苹果?

白苹果是使用 iPhone 时出现如图所示界面，也就是开机界面永远停留在图 7.29 所示画面。

图 7.29　白苹果状态和激活状态

如果在越狱时不小心白苹果，怎么都启动不了，只能恢复固件了。

> **Tips**
>
> 如果 iPad 主界面只是显示激活状态，就不需要恢复固件了，可以通过 TinyUmbrella，让 iPad 从恢复模式中退出。

恢复固件需要用到之前我们备份并保存的 SHSH 文件，否则很有可能 iTunes 因为验证原因而阻止我们的行为。

7.3.1 下载官方固件

既然是恢复固件，首先您应该下载对应的官方固件。

iPad iOS 4.2.1 官方固件下载地址如下。

4.2.1 http：//appldnld.apple.com/iPad/061-9857.20101122.VGthy/iPad1，1_4.2.1_8C148_Restore.ipsw

iPad iOS 4.3.1 官方固件下载地址如下。

4.3.1 http：//appldnld.apple.com/iPhone4/041-0550.20110325.Zsw6y/iPad1，1.4.3.1_8G4_Restore.ipsw

由于你保存的固体 SHSH 版本是 4.2.1，因此只能恢复为 4.2.1。

7.3.2　架设验证服务器

在苹果已关闭旧版本固件验证的情况下，需要绕过苹果服务器验证，这里我们使用 TinyUmbrella 软件自建服务器。

（1）关闭电脑中的防火墙和杀毒软件，将 iPad 用数据线连接至电脑。

（2）将备份的 SHSH 文件复制到 "Advance" 选项卡所示的 SHSH 备份保存的位置。

（3）打开 TinyUmbrella，显示如图 7.30 所示界面。

图 7.30　TinyUmbrella 界面

（4）单击 "Start ISS Server"，自建服务器完成了，这时验证服务器指向本地。

7.3.3　恢复固件

（1）将 iPad 用数据线连接至电脑，打开 iTunes。

（2）按住键盘【Shift】键，单击 iTunes 中的 ⬚恢复⬚ 按钮，会弹出窗口，如图 7.31 所示。

图 7.31　iTunes 恢复按钮

（3）选择已下载的官方固件，并双击它。打开固件后 iTunes 会提示我们要验证此恢复，选择【恢复】，耐心等待。

（4）恢复过程中，iPad 可能会自动关机重启，这时请不要拔掉数据线和关闭 iTunes。经过几分钟后，iPad 就恢复成功了！

7.4　越狱后安装软件

越狱后，如同打开了潘多拉的魔盒。您可以进一步走进 iPad 的内部文件，并进行操作。您可以利用第三方软件实现文件的添加、删除；权限的设置；数据文件的备份、恢复等。

我们怎样才能让第三方软件的应用更加得心应手呢？

这一章，将让用户深刻体会到越狱后 iPad 的魅力。

越狱以后，您的 iPad 就可以安装第三方软件了。

何为第三方软件？

其实任何不是苹果公司自主开发的软件都可被称为第三方软件，这里泛指那些没有通过 App Store 发布的软件。第三方软件给 iPad 带来了更多的功能和娱乐，iPad 默认只允许 iTunes Store 来安装第三方软件，但越狱后，您可以让 iPad 自由地安装任何第三方软件。

7.4.1　Cydia

1. 使用 Cydia 安装软件

前面，我们已经介绍过用 Cydia 中的"Hackulo.us"源，安装 IPA 补丁 AppSync for 4.0+。其实使用 Cydia 安装软件的方法与之类似。

（1）点击 iPad 主屏幕上的 Cydia 图标，进入 Cydia 界面。

（2）点击 Cydia 界面右下方的【Search】选项，并在搜索栏中输入"Installous"，很快，搜索栏下方出现软件，如图 7.32 所示。

图 7.32　搜索栏下方出现 Installous 4 软件

（3）点击 Installous 4 栏，进入 Detail 界面，如图 7.33 所示。

图 7.33　软件细节界面

（4）点击右上角的"Install"按钮，会弹出如图 7.34 界面。

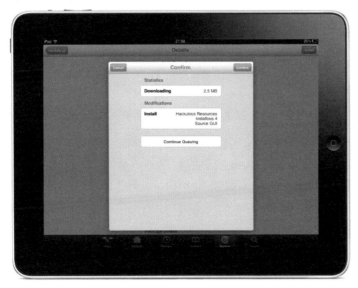

图 7.34　安装确认界面

（5）然后点击右上角的"Confirm"按钮，确认安装，会开始下载安装包，如图 7.35 所示。

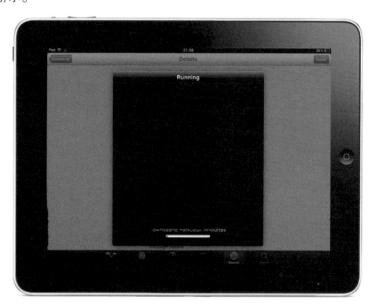

图 7.35　下载安装包

（6）下载完成后自动开始安装，点击"Return to Cydia"可以返回到 Cydia 界面。

2. 使用 Cydia 卸载软件

我们知道，要在 iPad 中卸载程序，只需要长按软件图标，直到它开始晃动时，左上角会有一个⊗，点击它就可以把程序卸载了。

但是您会发现，使用 Cydia 安装的程序却不会出现这个⊗，这是因为 Cydia 安装的程序属于系统及应用（就像 App Store 无法卸载一样），您必须还是回到 Cydia 里才能卸载程序。

点击 Cydia 下面的 Installed 图标，会进入已安装程序的列表（这里有一些是 Cydia 自动安装的，不要乱卸载，以免 Cydia 工作不正常）。

　　找到您要卸载的程序，比如 Installous 4，点击它进入，然后点击右上角的
Modify 按钮，会弹出 Reinstall(重新安装)、Remove(卸载) 两个选项，如图 7.36
所示。

图 7.36　重新安装和卸载选项

　　然后点击 Remove 按钮，在下一界面中点右上角的 Confirm（确认）按钮即
可完成卸载操作。

3. 使用 Cydia 更新软件

　　如图所示，Changes 处所示也会有红色的圆形的小图标，里面标有数字，那
是提示您有更新可用了。

　　点击可更新程序的右上角的 Modify（修改）按钮，会出现两个选项：Upgrade
（更新）、Remove（卸载），如图 7.37 所示。

图 7.37　更新程序

我们选择 Upgrade，接下来的操作和安装软件是一样的，按提示进行即可。

7.4.2　Installous 4

Cydia 虽然很强大，但是它的软件介绍太简单，用户在其中下载软件时，无法得知软件的详情，还是很不方便的。

Installous 4 是一款安装软件的程序，它的功能比 Cydia 要强大得多。

1. 使用 Installous 4 下载软件

保持 iPad 与网络连接。打开 Installous 4，主界面如图 7.38 所示。

图 7.38　Installous 4 主界面

Installous 4 左侧为软件分类，点击每一个分类都对应了无数的相关软件。

在海量的英文软件中寻找适合自己的软件虽然有趣，但难度也不小。我们可以使用搜索功能。如果想下载一款"Fruit Ninja HD"游戏，首先点击程序顶部中间的 Search（搜索）按钮，在弹出的文本框中输入"Fruit Ninja"，搜索结果很快出来了。如图 7.39 所示，上面有个黄色标志写着 iPad 的，是适用 iPad 版本的（其他是 iPone 版本或通用版）。

Tips

一般搜索使用英文，中文搜索出来的结果常常匪夷所思。

图 7.39　搜索"Fruit Ninja"

Tips

您也可以通过设置程序顶部右侧的【Setting】→【Only show iPad Apps】，来限定显示 iPad 版本程序。

点击第 1 个图标，出现了如图 7.40 所示"Fruit Ninja HD"游戏的详细介绍页面。

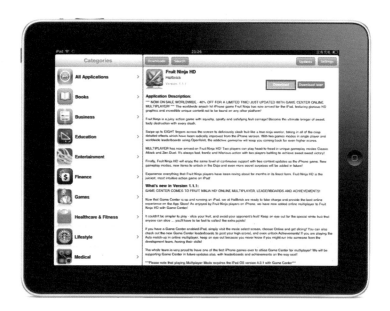

图 7.40　"Fruit Ninja HD"游戏的详细介绍页面

点击游戏右上方的绿色【Download】按钮，出现如图 7.41 所示界面。

图 7.41　多款下载选项

如图所示，第 1 行是 App Store 的地址链接。点击该链接，跳转至 App Store 的该软件购买界面。

Download 对话框第 2 行往下是按照不同版本出现的下载地址，越靠上的版本越最新。这里，点击第二个链接，跳转的界面如图 7.42 所示。

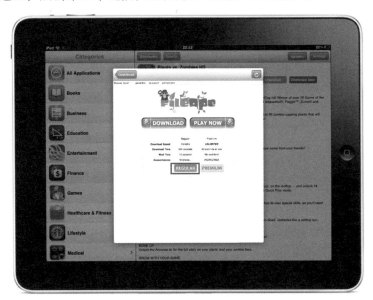

图 7.42　选择"REGULAR"（常规下载）选项

点击【Regular】（常规下载），跳转界面如图 7.43 所示。

图 7.43　倒数页面

倒数结束后，出现下载地址，点击下载链接，"Fruit Ninja HD"游戏将开始下载，如图 7.44 所示。

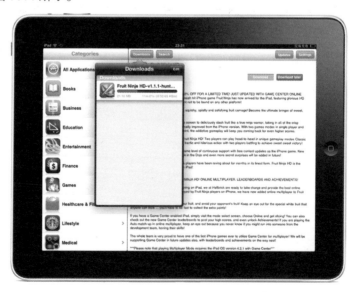

图 7.44　"Fruit Ninja HD"游戏下载中

　　下载完成后，"Fruit Ninja HD"游戏的进度条结束，并处于"Downloaded"栏目下。点击"Fruit Ninja HD"游戏项目，在弹出的对话框中选择"Install"，该游戏将在 iPad 中进行安装，如图 7.45 所示。

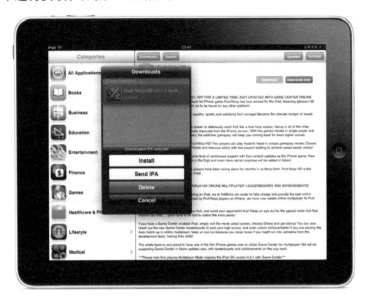

图 7.45　"Fruit Ninja HD"游戏安装中

　　片刻之后，"Fruit Ninja HD"游戏安装结束。iPad 主界面中出现其图标。

2. 使用 Installous 4 卸载软件

　　在 Installous 4 中装载的程序卸载很简单。在 iPad 中，长按该软件图标，直至图标不停晃动，然后点击图标左上角的 ⊗，即可卸载该软件。

3. 使用 Installous 4 更新软件

　　点击 Installous 4 程序顶部右侧的【Update】（更新）按钮，可以看到目前您的 iPad 中可以更新的软件，如图 7.46 所示。我们点击"Keynote"软件，则右侧的软件介绍页面将跳转至该软件。

图 7.46　查看可更新软件

点击【Download】按钮，就可以如同使用 Installous 4 安装软件一样，安装该更新版软件。

7.4.3　使用 IPA

尽管我们在前面介绍了用 iPad 下载程序，但始终会发现用 iPad 下载程序安装效率低、速度慢。要提高安装程序的效率，当然最好是用电脑批量下载好然后弄到 iPad 上去。

经常，在论坛中会有网友提供各种各样的 IPA 文件，我们该怎样使用这些 IPA 文件呢？

Tips

> 顺利使用 IPA 文件的前提是，您的 iPad 已经越狱，并且安装了 IPA 补丁，详见上文。

1. 使用 iTunes 同步

使用 iTunes 同步 IPA 程序的方法是最简单的。方法如下。

（1）下载

到论坛搜索网友共享的 IPA 文件，您下载回来的可能是压缩文件，这个时候您可能需要解压得到 .iPa 为后缀扩展名结尾的文件。

（2）导入到 iTunes

将 IPA 文件拖入 iTunes 资料库区域，如图 7.47 所示。

图 7.47　拖入资料库

这时您就可以在您的 🅰 应用程序 里看到您刚导入的程序，如图 7.48 所示。

图 7.48　查看刚导入的程序

（3）同步到 iPhone

越狱过的 iPad，可以直接同步 iTunes 安装 IPA 软件，如图 7.49 所示。

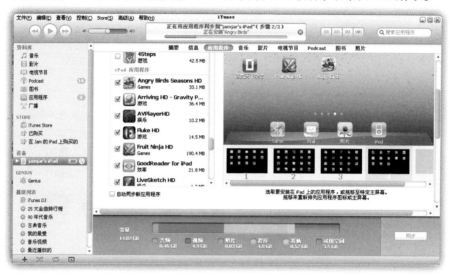

图 7.49　iTunes 安装 IPA 软件

2. 用 Installous 4 统一管理

一旦 iPad 被破解，可能您的习惯不再是使用 iTunes 逛 App Store，而是使用 Installous 4 来管理自己的应用程序。这里，我们提供一种方法，让您可以用 Installous 4 管理所有的 IPA 软件。

首先，推荐一款个人电脑上的应用软件 iPhone folders（下载网络：iPhone-folders.com）。

（1）安装 iPhone folders 后，用数据线将 iPad 连接至个人电脑，iPad 会被识别为一个移动硬盘，如图 7.50 所示。

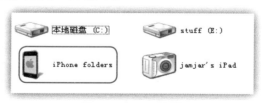

图 7.50　iPad 盘符

（2）双击进入 iPad folders 文件夹，如图 7.51 所示。

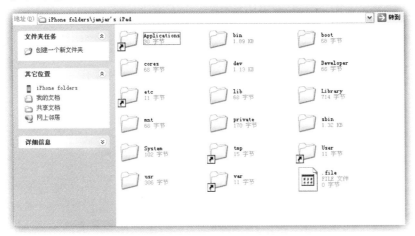

图 7.51 进入 iPad 盘符

Tips

因为您的 iPad 已经越狱，所以 IPAD 所有文件都在这里显示（否则会提示权限不足），**注意不要随意删除文件，以免系统崩溃。**

（3）依次进入文件夹"User"→"Documents"→"Installous"→"Downloads"，其中文件如图 7.52 所示。

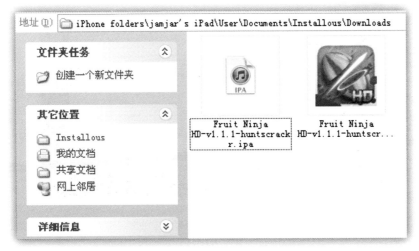

图 7.52 User\Documents\Installous\Downloads 文件夹内容

由此可知，我们在 Installous 4 中下载的"Fruit Ninja HD"游戏位于此文件夹中。那么用个人电脑下载的 IPA 文件"Angry Birds Seasons HD"，也可以直接复制到这个文件夹里，如图 7.53 所示。

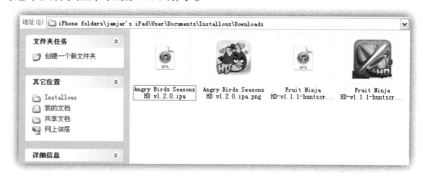

图 7.53 复制"Angry Birds Seasons HD"游戏

然后，打开 iPad 里的 Installous 4 软件，就可以在 Downloads 里查看并安装了！如图 7.54 所示。

图 7.54 安装"Angry Birds Seasons HD"游戏

3. 用 Wi-Fi 无线上传软件或文件

用数据线传输软件或者其他文件的方法非常好，速度也相当不错。可是，如果某一天，您碰巧没有随身携带那根重要的数据线，怎么办呢？

如果您的个人电脑和 iPad 是连接在同一个无线路由上的（有线无线均可），那么您就能用 Wi-Fi 无线上传软件或其他文件至 iPad 中。

（1）首先使用 Cydia，用 6.4.1 节中"**使用 Cydia 安装软件**"介绍过的方法，搜索并安装一款软件 iFile。

（2）在 iPad 上，点击 iFile 图标，进入 iFile 软件主界面，如图 7.55 所示。

图 7.55　Wi-Fi 无线标识

（3）点击如图所示，Wi-Fi 标识。

（4）iPad 主屏幕弹出黑色对话框，几秒后显示您的 iPad 链接地址，如图 7.56 所示。

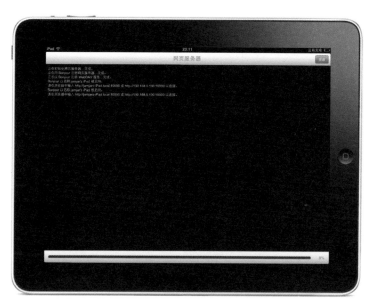

图 7.56　iPad 链接地址

实例的 iPad 地址是 **http：//192.168.1.22：10000**。注意，您应该参考**自己的地址。**

（5）在个人电脑中用浏览器打开该地址，如图 7.57 所示，iPad 所有文件夹在浏览器中显示出来。

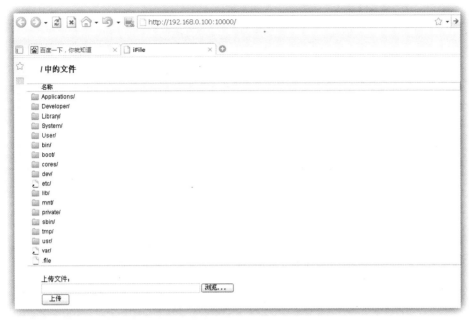

图 7.57　浏览器显示 iPad 所有文件夹

（6）依次进入**文件夹**"User" → "Documents" → "Installous" → "Downloads"。进入 Downloads 文件夹之后，您可以点"浏览"按钮选中您要传入的文件，点击"上传"按键就可以发送到 iPad 里了，同样打开 Installous 也可以直接安装了。

Tips

　　安装了 iPhone folders 以后，您既可以把任意内容拷贝到 iPad 中，也可以把 iPad 里的内容（包括音乐、视频、电子书等）轻松复制到电脑里去。

iBooks 是 iPad 中最具魅力的应用程序之一，开创了购买和阅读书籍的新方式。

iBooks 并不是 iPad 内置应用程序，需要从 App Store 下载免费 iBooks 应用程序。之后你便可以从 iBooks 中内置 iBookstore 获得所有经典和畅销书籍。当你下载了一本书，这本书便会显示在你的书架上。

你也可以使用 iTunes 把 ePub 和 PDF 格式的书籍添加到你的书架上。

只要轻点某本书，就可以开始阅读了。iBooks 会记录你所在的位置，因此你可以很轻易地返回到之前的位置上。各种显示设置会使你的阅读更加便捷。

8.1　安装 iBooks

iBooks 是苹果公司官方出品的应用软件，但是却没有随 iPad 内置。想要使用它，首先得从 iTunes 中下载。

8.1.1　在 iPad 中下载并安装 iBooks

iPad 首先必须接入互联网，因为您需要进入 App Store 中。

（1）点击 iPad 主界面的 图标，进入 App Store。

（2）在右上角搜索框中搜索关键字"iBooks"，搜索结果如图 8.1 所示。

图 8.1　在 iTunes 中搜索"iBooks"

（3）在图 8.1 中选择 图标，进入其介绍页，如图 8.2 所示。

图 8.2　iBooks 应用程序介绍页

（4）点击则购买该应用程序。iPad 将会跳出到主屏幕，并下载安装该软件，如图 8.3 所示。

图 8.3　下载并安装 iBooks 应用软件

8.1.2　在 iTunes 中下载 iBooks

在个人电脑的 iTunes 程序中下载 iBooks 方法与在 iPad 中直接下载会多一个同步的过程，如下所示。

（1）在个人电脑中打开 iTunes 程序。

（2）单击左侧资料面板中的 iTunes Store。在右侧的内容显

图 8.4　在 iTunes 中搜索 iBooks

示界面中左上角的搜索框中搜索关键字"iBooks"，如图 8.4 所示。

（3）购买该软件。很快，我们将在 iTunes 左侧资料面版的应用程序中找到 iBooks，如图 8.5 所示。

图 8.5 应用程序中的出现 iBooks

（4）将 iPad 用数据线连接至个人电脑，同步应用程序，则 iBooks 将出现在 iPad 主屏幕中。

8.2 iBook 阅读体验

点击 图标，进入 iBooks，首先展现在您面前的是一个书架，效果如图 8.6 所示。

是不是和书架一模一样呢？

8.2.1 编辑书架

我们来看一下书架顶部的几个操

图 8.6 iBooks 书架

作按钮。

【**将书籍排序**】：点击 ▤ 按钮，然后选择一种排序标准（可分"书架"、"书名"、"作者"、"类别"）。

【**查看列表中的书籍**】：点击 ▤ 按钮。要切换回以查看书架，请点击 ▦ 按钮。

【**从书架中删除书籍**】：点击 编辑 按钮，或者按住任一书籍的封面直到书籍摇动。然后针对您想要删除的每本书籍，点击 ✖ 。在删除书籍完成之后，请点击 编辑 按钮，回到书架视图。

8.2.2　阅读图书

刚安装 iBooks，在没有购买或传输图书之前，您的书架上可能是没有书的，或者可能会有一本随程序自带的英文图书《Winnie-the-Pooh》。下面我们用这本英文书来感受 iBooks 的阅读体验。

点击图书以打开它，如图 8.7 所示。

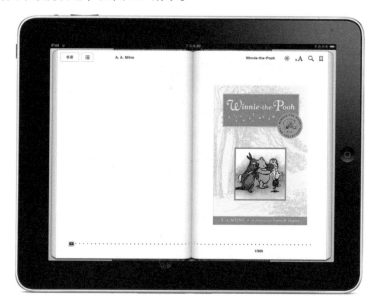

图 8.7　打开图书

1. 简单操作

　　【翻阅图书】：在页面的右或左页边空白位置附近，用手指轻按或快速滑动，如图 8.8 所示。

图 8.8　翻阅图书

　　【跳出阅读】：当您点击"书库"或按下主屏幕按钮●会合上书籍，跳到 iBooks 书架或者 iPad 主屏幕。iBooks 会自动记住您停止阅读时所在的页面，并在您下次打开书籍时返回到该页面。

　　【前往特定页面】：在当前页面中间位置附近点击，可以在页面下方显示控制条。拖移滚动滑块 ▣·····，直到期望的页码或章节名称出现，然后松开就会直接跳转到该位置。

2. 更多操作

　　在当前页面中间位置附近点击，可以在页面上方以显示更多控制按钮，如图 8.9 所示。

图 8.9　更多阅读控制按钮

【**前往目录**】：在正在阅读本书的某页时，点击本页左上角 ≡ ，会从当前页跳转到图书的目录页，如图 8.10 所示。点击右页"目录"中的某个章节条目会跳转到这个章节位置，或点击左上角"续读"按钮以返回到之前阅读的页面。

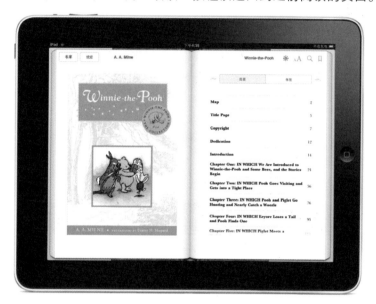

图 8.10　图书目录

【**插入书签**】：在正在阅读本书的某页时，点击本页左上角的 ▯ 按钮，该按钮将变成红色书签 ▮ 。于是这个页面被插入了书签。无论什么时候您想查找该页，可以通过在目录页的"书签"选项中找到它，如图 8.11 所示。

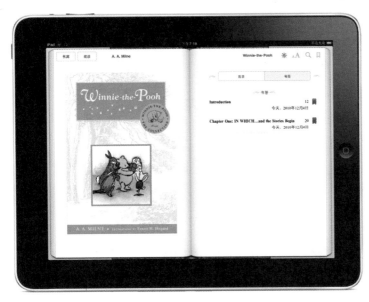

图 8.11　标签目录

如果某页被标记为书签，再点击一次红色书签▮，将取消此书签。

【更改亮度】：轻按☀，然后调整亮度。此设置只有在 iBooks 中才有效。

【更改字号和字体】：轻按ₐA，然后在出现的列表中，轻按A 或A，以减小或增大字号。要切换到不同的字样，请从列表选择一种字样。更改字样和字号时，也会更改文本格式以最适合页面。

【在书籍中搜索】：点击 🔍 按钮，您用自己感兴趣的一个单词或短语快速地搜索书籍的内容以查找喜爱的段落，如图 8.12 所示。点击搜索结果，将跳转到该关键字出现的位置。

您也可以将搜索关键字跳转到 Safari 浏览器用 Wikipedia 或 Google 进行搜索。

图 8.12　搜索关键。

【**正文单词或短语操作**】：打开书籍，并在页面正文中，触摸您需要操作的单词并按住不放以显示控制，如图 8.13 所示。

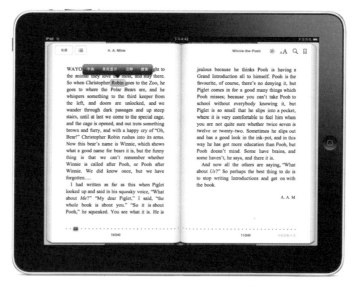

图 8.13　正文单词或短语操作

【**词典**】：在图 8.13 中点击"词典"按钮，将查找单词的释意，如图 8.14 所示。

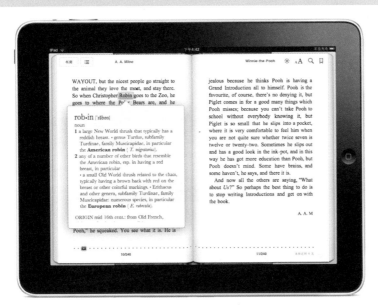

图 8.14　单词释意

【**高亮显示**】：在图 8.13 中点击"高亮显示"按钮，将在正文的该处以 Robin 形式高亮显示单词。

【**注释**】：在图 8.13 中点击"注释"按钮，弹出便签，您可以在该处添加注释。

【**搜索**】：在图 8.13 中点击"搜索"按钮，与右上角的 🔍 按钮功能一致。

如果您已将 iPad 同步到电脑，则所删除的书籍仍保留在 iTunes 资料库中。如果删除您所购买的书籍，则也可以再次从 iBookstore 的"购买记录"标签中下载该书籍。

8.3　电子书的获取

有了这么好的阅读器，您是否立即想开始阅读自己心仪已久的图书呢？不要着急，您可能还不知道如何获取电子书呐。

1. 购买电子书

iBooks 应用程序为用户提供了 iBookStore 这个电子书商店。只要点击如图 8.6 所示中左上角的【书店】按钮，就可以进入电子书店。按照不同分类去选购图书。

> **Tips**
>
> 不过作为 iTunes 中国的用户是无法像在当当网店一样买到各种各样的中文图书的。因为您会发现点击【书店】按钮后，将跳转至如图 8.15 所示界面。

我们可以看到 iBookStore 中国书店提供的仅仅是非常有限的免费版外文图书。选中某本图书，依次点击 免费 → 获取书籍 ，既可完成购买，iPad 会并下载并保存在如图 8.15 所示书架中。

图 8.15　iBookStore 中国

其实想购买电子书也不是困难的事情。只要您使用美国账号登录，就可以进入 iBookStore 购买电子书了。iBookStore 的主界面如图 8.16 所示。

【购买书籍】：找到您想要的书籍，轻按价格，然后轻按"马上购买"。登录到 iTunes Store 账户，然后轻按"好"。

购买费用会从您的 iTunes Store 账户中扣除。如果您在稍后的 15 分钟内再次购买，则不必重新输入密码。

如果您已经购买书籍，但想要重新下载它，请轻按"购买记录"并在列表中找到该书籍。然后轻按"下载"按钮以将该书籍下载到 iPad 上。

下次使 iPad 与电脑同步时，会自动将您所购买的书籍同步到 iTunes 资料库。这样，在您将书籍从 iPad 中删除之后，可以使用此备份来恢复。要查看已删除的书籍，您必须将它同步回 iPad。

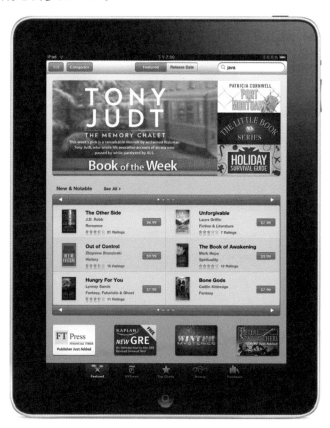

图 8.16　iBookStore

2. 载入下载或者自己制作的电子书

iBooks 可以查看的电子书格式为 ePub 和 PDF 格式。也就是说，如果您的电脑中下载到 ePub 和 PDF 格式的文件，您就可以通过 iTunes 将这些图书载入到 iPad 中。

（1）打开 iTunes，将 iPad 用数据线连接至您的电脑。

（2）选择 iTunes 左侧资料库下方的【**图书**】选项，并在电脑中将您想要载入的电子书（ePub 或 PDF 格式）拖入 iTunes 的右侧显示区域，如图 8.17 所示。

图 8.17　将 ePub 或 PDF 格式的文件拖入 iTunes 资料库中

（3）iPad 同步设置。点击 iTunes 中设备区域的 iPad，并在右侧显示区中设置同步图书。如图 8.18 所示。

图 8.18　同步设置

（4）点击 **同步** ，即可将电子书同步载入 iPad。

3. 如何得到电子书

有朋友会提问：我如何得到 ePub 和 PDF 格式的电子书呢？

这个问题其实并不难回答。因为您只要多去 iPad 论坛中逛一逛，就会发现网友们已经将您可以想象到的所有图书都制作了适应 iPad 的电子版本。

或者说，您只要能充分利用 Google 搜索引擎，就没有找不到的资料。

> **Tips**
>
> 　iPad 中的所有图书都可以在 iTunes 中备份，这样，您就可在 iPhone 和 iPod touch 同步进行阅读，因此，你喜爱的读物将会随时伴你左右。

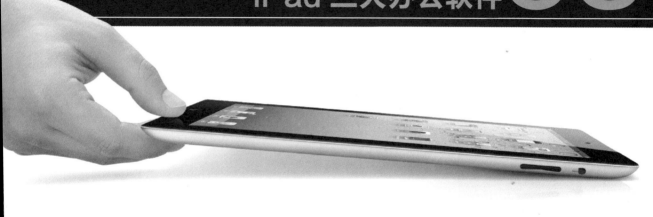

9.1　文档处理 Pages

　　Pages 是适用于 Mac 的文字处理程序，功能强大，已针对 iPad 完全重新设计。它是移动设备上您所看到的最漂亮的文字处理程序。在明亮、色彩鲜艳的 iPad 显示屏上，文稿看起来让人惊叹不已。您可以使用 Multi-Touch 手势操作，对信函、传单、小册子、报告等进行布局。您可以从模板开始创建，也可以从 Mail、MobileMe iDisk 或 WebDAV 服务导入现有的 Pages 或 Microsoft Word 文稿。

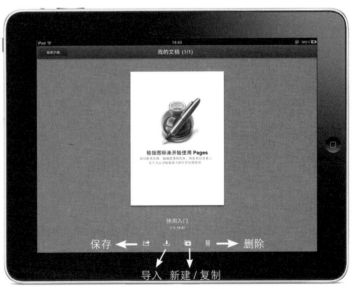

图 9.1　Pages 主界面

9.1.1　导入文档

（1）将 iPad 用数据线连接上电脑，打开 iTunes。

（2）选中 iTunes 中【设备】栏的 iPad，可以在右侧【应用程序】→文件共享中看到 Pages 图标，如图 9.2 所示。

（3）从个人电脑中导入文档至 iPad。

图 9.2　导入文档至 iPad

查看文档

（1）在 iPad 中打开 Pages，点击下方 按钮，选择"拷贝自 iTunes"，便可以选择刚从 iTunes 中导入的文档，点击后导入文件，如图 9.3 所示。

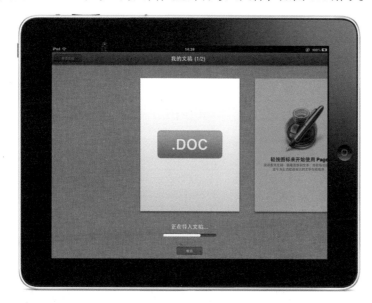

图 9.3　导入 iTunes 传输至 iPad 的文档

（2）文稿导入结束后，会自动打开，如图 9.4 所示。

图 9.4　查看文档

9.1.2　编辑文档

编辑文档非常简单，记住几个关键操作既可从容应对，如图 9.5 所示。

- 连续轻按两次样式或文本框来选择其中的字词。

- 重新放置插入点，请用手指按住一行文本不放，直到出现一

图 9.5　编辑文档

个放大镜。在文本上移动手指，直到放大镜显示插入点位于您想要的位置，然后将手指移开。

9.1.3　新建文档

单击图所示的"新建文稿"，选择模板，如图 9.6 所示。

图 9.6　新建文档

9.1.4　保存文档

如图所示，可以选择"用电子邮件发送文稿"，也可以选择"发送到 iTunes"，再在如图 9.2 所示中，单击"保存到"按钮，将文档保存到个人电脑中。

9.2　制表工具 Numbers

Numbers 是为 Mac 打造的电子表格应用程序，功能强大，已针对 iPad 完全重新设计。轻按明亮的 Multi-Touch 显示屏，几分钟之内即可创建引人入胜的美观电子表格。借助 250 多个易于使用的函数、智能键盘、灵活的表格以及引人注目的图表，所有答案尽在您的指尖。

图 9.7　Numbers 主界面

Numbers 的操作与 Pages 类似，如图 9.7 所示。

Tips

　　点击图中所示"轻按图标"，将查看"新手入门"文档，您可以在一步一步简单易懂的图解教程中学会电子表格的制作，如图 9.8 所示。

图 9.8　Numbers 新手入门

9.3　幻灯片工具 Keynotes

Keynote 是适用于 Mac 的演示文稿应用程序，功能强大，已针对 iPad 完全重新设计。创建包含动画图表和过渡效果的世界一流水平演示文稿变得如此简单，只需触摸和轻按即可。Keynote 为您提供了创建令人惊叹的演示文稿所需要的一切，其中包括 Apple 设计的漂亮主题、自定的图形样式以及绚丽的动画和效果。使用主题快速开始创建，然后轻按几次，从八个幻灯片母版中任选一个，即可添加所需要的幻灯片。

图 9.9　Keynote 主界面

Keynote 的操作与 Pages 类似，如图 9.9 所示。

Tips

　　点击图中所示"轻按图标"，将查看"新手入门"文档，您可以在一步一步简单易懂的图解
教程中学会电子表格的制作，如图 9.10 所示。

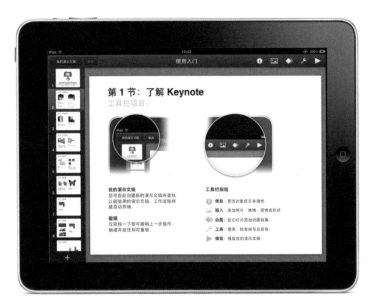

图 9.10　Keynote 新手入门

　　点击图中所示"轻按图标",将查看"新手入门"文档,您可以在一步一步简单易懂的图解教程中学会电子表格的制作。

10.1　用 iPad 玩微博：微博 HD

什么网络服务最红？当然是微博！

新浪微博是一个由新浪网推出的，提供微型博客服务的类 Twitter 网站。用户可以通过网页、WAP 页面、手机短信 / 彩信发布消息或上传图片。新浪可以把微博理解为"微型博客"或者"一句话博客"。您可以将您看到的、听到的、想到的事情写成一句话，或发一张图片，通过电脑或者手机随时随地分享给朋友。您的朋友可以第一时间看到你发表的信息，随时和您一起分享、讨论。您还可以关注您的朋友，即时看到朋友们发布的信息。

用 iPad 也可以玩微博，而且用户体验要更加棒！

用 iPad 玩微博有两种方法。第一种是使用浏览器打开新浪微博网站 t.sina.com；第二种是下载安装免费应用程序 App 微博 HD 。

> **Tips**
>
> 本节主要介绍微博 HD。

10.1.1　安装微博 HD

在 iPad 主界面单击 App Store 图标，进入 App Store 后，搜索关键字"微博"，搜索结果如图 10.1 所示。

点击 免费 按钮，该按钮会变成 安装应用软件 ，再次点击，iPad 将自动安装该应用程序。iPad 主屏幕将出现 图标。

图 10.1　搜索"微博 HD"

10.1.2　登录微博 HD

点击 图标，界面如图 10.2 所示。

图 10.2　新浪微博 HD

用新浪微博账号登录，如果没有账号，可以点击 注册 按钮，进入新浪微博网站进行注册。

　　输入账号和密码后，单击 登录 按钮，进入如图 10.3 所示微博视图。

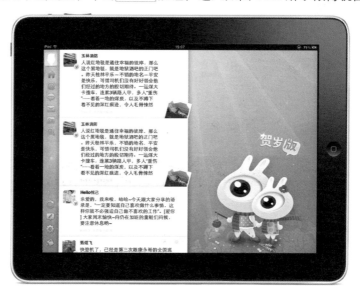

图 10.3　微博视图

10.1.3　微博 HD 的使用

微博 HD 功能按钮如图 10.4 所示。

图 10.4　微博 HD 功能键

　　 ：微博主页，显示您所关注的朋友所发布的微博。

　　 ："@ 提到我的"，即在别人所发送的微博中提到了您的用户名，这些微博将在此显示。

　　 ：评论区，所有您的微博收到的评论，以及所有您对其他人的微博发出的评论。

📧：私信区，所有您收到的私信。私信只有您自己能看见。

🖼️：微博信息区，显示您的微博、收藏、关注、粉丝，如图 10.5 所示。

图 10.5　微博信息区

🔍：搜索和事件区，显示热门话题和提供搜索功能。

🔄：刷新当前页。

✏️：写微博。

⚙️：设置。

🎨：系统皮肤更换。

10.2　用 iPad 播放任意格式的视频：AVPlayerHD

您因为 iPad 不支持各种视频格式，而为看不到视频，或为需要转换格式工作感到很不方便吗？

一款播放器 AVPlayerHD 能帮助您（如图 10.6 所示），从此你能够在 iPad 上播放下载的任何视频。

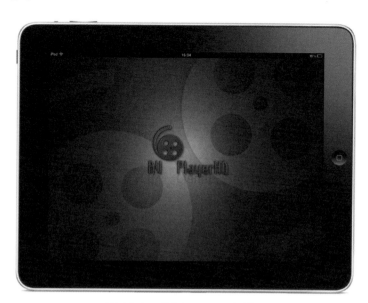

图 10.6　AVPlayerHD 主界面

　　通过 AVPlayer，大多数视频不需要另外的转换格式过程，就可以直接从 iPad 里看。使用 USB 数据线将视频和字幕复制到 AVPlayerHD 中即可。不需要担心网络连接就能随时随地看视频。

　　此外，只要用一个手指滑动播放控制条即可跳过枯燥的地方，迅速地看到精彩内容。

　　你值得拥有。

为什么值得推荐？

　　苹果公司推出的 iPad，其视频播放格式仅仅支持 MPEG-4 与 ACC，而您个人电脑中收藏的视频却偏偏都是 RMVB、AVI、WMV 格式的。

　　想用 iPad 看电影怎么办呢？　AVPlayerHD 来帮您！

　　（1）支持多种文件，XVID/DIVX（AC3）AVI、WMV、RMVB、ASF/H264。

　　（2）支持 SMI、TXT、SRT/SubStationAlpha 字幕。

　　（3）能够方便地管理 iPad 中的视频。

　　（4）支持更丰富的文件传输方式除了可以用 USB 传输文件外，AVPlayerHD 还提供了用 Wi-Fi 进行文件传输的功能，这一功能可谓极大地方便了经常忘记随身携带数据线的人士。

（5）支持给敏感视频加密。

使用 iPad 播放视频如图 10.7 所示。

图 10.7　用 AVPlayer 播放 RMVB 视频

10.3　让您惊艳的天气预报：Weather HD

Weather HD 是在平板电脑和苹果手机上知晓天气情况的最华丽的方式，可以在精美的高清晰视频上欣赏当前和未来天气。

•"为您以全新的方式全天候"- ZDNet。

- "Weather HD 让用户的眼睛如同吃到糖果一般，高清晰度的视频华丽之极"-
Macworld 大会。

- "Weather HD 提供了最简单，最漂亮时尚的天气预报" - 个人电脑杂志。

- "惊艳" - MacStories。

- "一个非常艺术的方法来提供气象信息" - 148Apps。

- "Weather HD 显示的方式比我们看过的其他任何天气条件下更漂亮"-
AppShopper。

- "一个伟大的应用程序来在你的朋友面前炫耀新 iPad" - Appolicious。

使用方法如下。

➤ 使用右上方的箭头进行城市之间的导航。您还可以在向前和向后导航时向左侧和右侧轻刷屏幕，如图 10.8 所示。

图 10.8　城市间的切换

➤ 要查看天气预测，点击左下角的"Show Forecast"。然后，您可以点击相应的日期看天气情况视频，如图 10.9 所示。

图 10.9　不同时间的天气预报

➤ 要添加或删除城市，点击右下角 Settings 图标。

➤ 要启用时钟，点击右下角的 Settings 图标，选择"显示设置"，然后启用时钟。你还可以在此选择时钟的大小。

➤ 您还可以从"Display Settings"显示或隐藏 Chance of Rain（降水），Pressure（气压）和 Visibility（能见度）。

10.4　用 iPad 管理各种文件：Goodreader

GoodReader 是 Good.iWare 开发的最受欢迎的 iPad 平台文件阅读应用，它支

持常见的几乎所有格式的文件的浏览阅读，也支持在线文档读取，如图 10.10 所示。

图 10.10　GoodReader 主界面

10.4.1　GoodReader 为什么值得推荐

除了苹果公司提供的 iBook 应用程序外，GoodReader 是您的 iPad 必装的应用软件。

如果您希望购买 GoodReader，可以选择在 iPad 的 App Store 中搜索"GoodReader"，下载并安装。或者，您也可以在个人电脑 iTunes 的 iTunes Store 中，搜索"GoodReader"，购买后，同步到 iPad 应用软件。

为什么那么多人都会推荐这款 App 呢？

（1）它支持多种文件。

（2）它能够方便地管理 iPad 中的文件。

（3）它支持更丰富的文件传输方式，除了可以用 USB 传输文件外，GoodReader 还提供了用 Wi-Fi 进行文件传输的功能。这一功能可谓极大地方便了经常忘记随身携带数据线的人士。

实际上，选择 GoodReader 更在于它能够脱离"同步"这个操作，直接将您希望备份在 iPad 中的文件直接传至 iPad。即使用 GoodReader，可以在 iPad 与电脑之间自由传输文件。

10.4.2　Goodreader 支持的文档类型

Goodreader 能支持的文档类型如下。

PDF 文件。

TXT 文本文件：txt 文本要改成 utf-9 格式，不然导入后是乱码。

Tips

修改方法为打开 txt 文档→另存为→编码 ANSI 选"UTF-9"→保存。

Microsoft Office 文件：Word，Excel，PowerPoint。

HTML 文档。

iWork'09/09 文件：Pages、Numbers、Keynote 。

图片文件：包括后缀名为 .jpg，.jpeg，.gif，.tif，.tiff，.bmp，.bmpf，.png，.ico，.cur，.xbm 的文件。

音频文件：iOS 系统支持的音频文件。

视频文件：iOS 系统支持的视频文件。

10.4.3　传输文件

苹果公司最让普通用户不适应的地方就是使用 iTunes 这个文件管理工具"同步"，而不能像其他设备直接复制粘贴。多少会让用户感觉到不方便。

USB 文件传输是最快的，GoodReader 提供了一种最简单的方式把文档从您的文件传输到 iPad。

（1）启动您的个人电脑中的 iTunes（确保您的 iTunes 的最新版本）。

（2）将 iPad 通过 USB 数据线连接到个人电脑。

（3）单击 iTunes 左侧的资料库区域的设备名称，并在 iTunes 右侧显示区域

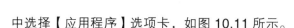

中选择【应用程序】选项卡，如图 10.11 所示。

图 10.11　选择【应用程序】选项卡

（4）在图 10.11 所示的窗口中向下滚动窗口滑条，直到你找到【**文件共享**】区域，如图 10.12 所示。

图 10.12　文件共享

（5）在【文件共享】的应用程序列表中选择 GoodReader。

（6）在"GoodReader 的文档"窗口中，您会发现存储在 GoodReader【**我的文档**】文件夹中的所有文件。

（7）如图 10.12 所示，单击"**添加**"按钮，可以将您电脑中的文件传输到 GoodReader【**我的文档**】文件夹中（该文件就被传输到了 iPad 中）。

（8）您所传输的文件将出现在 GoodReader 的【我的文档】文件夹中。你可以使用 GoodReader 的**文件管理**来将这些文件移动到其他子文件夹内。

（9）如果您希望将 GoodReader【我的文档】文件夹中的文档传输到个人电脑中，则应该选择"GoodReader 的文档"窗口中的某个文件，然后单击如图 10.12 所示的"保存到"按钮。

（10）您的文件就会保存到您选择的个人电脑的某个文件夹中。

10.4.4　管理文件

由于 iTunes 的"文件共享"不支持文件夹传输。所以，我们传输至 Good-Reader 中的文件都直接显示在 GoodReader 中的 My Document（**我的文档**）文件夹中。这样非常不方便查找和归类。因此，您需要在 GoodReader 中建立不同的文件夹来整理和分类各种文件。

1. 新建文件夹

（1）在 GoodReader 中，点击"Manage File"栏目，在下拉选项区，选择【New Folder】。在弹出的对话框中输入自定义文件夹的名称，点击 OK 按钮。如图 10.13 所示。

图 10.13　新建文件夹

（2）如图 10.14 所示，视图左侧出现命名为"工作"的文件夹，单击【Done】按钮结束操作。

图 10.14　新建文件夹

2. 移动文件至文件夹

（1）在 GoodReader 中，点击"Manage File"栏目，此时，左侧视图中的文件前方都会有一个圆圈，表示可以被选中。此时，点击您想移动的文件或文件夹。

（2）在左侧项目栏中，选中所有希望放入文件夹中的文件，您可以对这些选中项进行操作。点击右侧【Move】按钮后，出现对话框视图，选择"工作"文件夹，如图 10.15 所示。

图 10.15　移动选中的文件

（3）在对话框视图中，进入【工作】文件夹，然后点击【Move 2 items here】按钮。文档就粘贴到了文件夹中，如图 10.16 所示。

图 10.16　粘贴文件到文件夹

10.5 　用 iPad 看在线高清视频：奇艺影视

奇艺高清影视是百度旗下视频网站"奇艺"（www.qiyi.com）提供的一款免费、高清视频在线观看的软件。奇艺影视内容丰富多元，节目持续更新，内容播放清晰流畅，操作界面简单友好，真正为用户带来"悦享品质"的观映体验。

值得肯定的是，奇艺高清影视与视频网站"奇艺"（www.qiyi.com）的内容是一致的，更新非常快，如图 10.17 所示。

值得推荐。

图 10.17 　奇艺高清主界面

越狱后，iPad 最好玩的就是安装各种各样的程序。甚至，你可以在 iPad 上玩街机，如图所示。

本节为大家介绍如何用越狱后的 iPad 玩街机。为什么？因为 iPad 专属 App 已经可以如上面介绍，很方便地使用。街机游戏不仅同样精彩，而且可玩性高的街机游戏数量相当庞大，所以，跟随我们一起安装街机游戏吧。

11.1　安装街机模拟器

使用 iPad 玩街机游戏的前提条件：确认您的 iPad 已经顺利越狱。

然后，一步一步安装模拟器吧。

（1）点击 iPad 主屏幕上的 Cydia 图标 ，进入 Cydia 界面。

（2）点击 Cydia 界面右下方的【Search】选项，并在搜索栏中输入 "iMAME4all"，很快，搜索栏下方出现软件，如图 11.1 所示。

图 11.1　搜索 "iMAME4all"

（3）点击 iMAME4all 选项栏，并按照步骤进行安装。

（4）安装结束后，iPad 主屏幕上多出一个图标，如图 11.2 所示。

图 11.2　iMAME4all 模拟器安装成功

11.2　下载街机游戏 ROM

安装好模拟器以后，还需要再 iPad 中装入街机游戏的 ROM 文件。

ROM 文件非常容易下载，但是已经安装的 iMAME4all 模拟器不一定可以完美支持您下载的 ROM 文件。

您 可 以 对 照 **http://code.google. com/p/imame4all/wiki/GameList** 列 表 来 判 断 下 载 的 ROM 文 件 是 否 被 iMAME4all 模拟器所支持，列表截图如 图 11.3 所示。

> wof "Warriors of Fate (World)"
>
> waterski "Water Ski"
>
> weststry "West Story"
>
> wexpress "Western Express (World?)"

图 11.3　可安装游戏列表

（1）如图 11.3 所示，我们可以知道 wof "Warriors of Fate(World)"，这个 ROM 是可以在 iPad 的模拟器中运行的。

其中，wof 就是 ROM 的文件名，您应该下载的 ROM 文件应该是 wof.zip。

> **Tips**
>
> iPad 模拟器对 ROM 文件名的大小写是敏感的。如果您的 ROM 与列表中的命名不一致，请注意对照列表修改文件命名。

（2）将下载到的 ROM 文件复制到 /var/mobile/Media/ROMs/iMAME4all/roms 目录里边。

> **Tips**
>
> ROM 文件不用解压，直接复制粘贴 ZIP 文件就行，而且也不要改名字，改了名字模拟器就认不出来了，命名方法见上一个步骤。

执行步骤 4 时，您需要先选择用 6.4.3 节介绍的方法，在个人电脑中安装 iPhone folders，或者 Wi-Fi 环境下使用 Cydia 在 iPad 中安装 iFile，然后从个人电脑往 iPad 复制粘贴 ROM 文件。

11.3　街机游戏进行中

下面，咱们就可以在 iPad 中玩街机游戏了。

（1）点击 iPad 主屏幕上的 图标，进入模拟器界面，如图 11.4 所示。

图 11.4　iMAME4all 模拟器主界面

（2）手指点击屏幕，弹出 ROM 选择对话框，如图 11.5 所示。

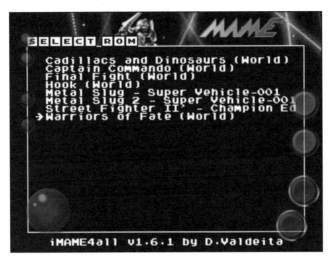

图 11.5　ROM 选择对话框

（3）用手指上下触动方向摇杆，如图 11.5 所示，选择 "warriors of Fate
（World）"（即 wof）。手指点击右侧的 B 键，进入如图 11.6 所示界面。

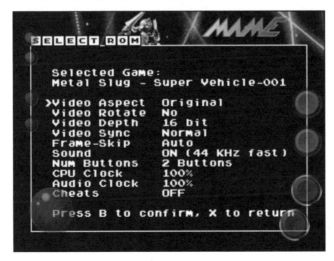

图 11.6　游戏参数设置界面

（4）再次点击 B 键，确认选择，进入如图 11.7 界面。

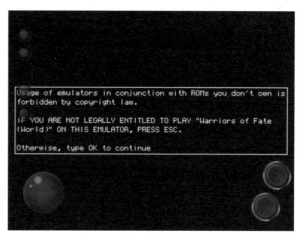

图 11.7　滑动摇杆（→）

（5）此时，需要把左侧摇杆从左往右拖动，即手指在其上由左至右滑动（→），如图 11.8 所示，即可进入街机游戏主界面。

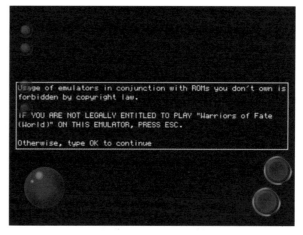

图 11.8　滑动摇杆（→）

Tips

　　街机游戏按钮有投币键、游戏开始键、攻击键、跳跃键、跳出游戏键和游戏参数设置键。支持多次投币。

好啦！其他街机游戏的安装和操作类似。那么就享受 iPad 的街机乐趣吧！